트레샤 퓨전 판타지 장편소설
WISHBOOKS FUSION FANTASY STORY

마왕성 플레이어

파쇼쇼 플레이어 3

트레샤 퓨전 판타지 장편소설

초판 1쇄 찍은 날 | 2019년 4월 8일
초판 1쇄 펴낸 날 | 2019년 4월 15일

지은이 | 트레샤
펴낸이 | 예경원

기획 | 위시북스
편집책임 | 이규재
편집 | 위시북스

펴낸곳 | 예원북스
등록번호 | 제396-2012-000132호
등록일자 | 2012. 7. 25
KFN | 제1-392호

주소 | 경기도 고양시 일산동구 호수로 646-24 위너스21Ⅱ빌딩 206A호 (우)10401
전화 | 031-819-9431 팩스 | 031-817-9432
E-mail | yewonbooks@naver.com

ⓒ트레샤, 2019

ISBN 979-11-6424-240-5 04810
      979-11-6424-172-9 (set)

트레샤 퓨전 판타지 장편소설

WISHBOOKS FUSION FANTASY STORY

마왕성 ③ 플레이어

CONTENTS

18장 평가전   7

19장 바쿤의 행보   71

20장 나비 계곡   99

21장 존투스   223

22장 철광산   253

23장 회수   295

◀ 18장 ▶
평가전

테라스를 통해 스며드는 빛이 유난히 눈이 부시다. 현대에 대한 그리움으로 배치한 방 안의 구조는 익숙하기 그지없다.

묘한 분위기 속에 흐르는 침묵.

책상 위에 올려둔 수정구는 아직까지 반응이 없었다.

"……."

본인이 직접 가겠다고 멋대로 떠난 지도 벌써 3일이다.

의자에 등을 기댄 채 상 위에 다리를 올려두고 있던 여인은 천천히 눈을 감았다.

똑똑.

"들어와."

푸른 단발의 여인이 서류를 들고 방 안으로 들어왔다.

그녀는 가볍게 고개를 끄덕이며 보고를 시작했다.

"소재 파악 불능이라는 거군."

"따로 디텍터까지 고용했지만 소용없었습니다. 듣기로 던전 탐사 도중 귀환 주문서를 통해 몇 명이 이탈했다는데, 그나마 그쪽으로 희망을 걸고 있는 상황입니다."

결론은 생사 불명이란 뜻이다.

책상에 앉아 있던 금발의 여인은 짙은 한숨을 내쉬더니 이내 눈을 떴다.

일순 방 안을 뒤흔드는 마력.

"시간이 얼마 걸리든 상관없어. 이탈했다는 햇병아리들, 한 놈도 빠짐없이 잡아 와."

"알겠습니다, 소희 님."

점차 소희라고 불린 여인을 중심으로 건물 전체가 흔들리기 시작했다.

[라딕 던전이 젬 수입원으로 등록되었습니다.]

긴급 퀘스트를 클리어한 지도 2일이나 지났다.

본격적으로 던전 내부 젬 광석 채굴 작업이 시작되자 바쿤과 서로 이어지는 게이트가 생성됐고, 칸과 켄을 중심으로 일부 병사가 작업반으로 투입됐다.

"한동안 이 던전을 통해 젬을 벌어들어야겠군."

"그래도 바쿤 내 젬 광산보다 순도는 더 높은 광석들이 나오는 것 같습니다. 이제 마왕성과 더불어 라딕도 관리 대상이 되겠군요. 우선 이쪽도 저에게 맡겨주십시오, 마왕님."

자연스레 그레고리의 업무가 늘어났지만 게이트가 있기 때문에 큰 불편은 없었다.

더불어 퀘스트를 클리어하며 플레이어들의 출입도 제한된 상태. 아직 안심은 일렀지만 얼마간은 잠잠할 듯했다.

오히려 현태가 죽으며 떨어진 수정구가 걱정이었다.

'지금쯤이면 디어스 길드도 한바탕 난리가 났겠군. 차소희 성격상 가만히 소식을 기다리고만 있진 않을 테니까.'

리미트리스 진영의 디어스. 하멜 초창기 시절부터 신규 플레이어 육성에 심혈을 기울이던 상위 길드다. 용찬 또한 소환되자마자 디어스의 인솔하에 몇 차례 기본적인 교육을 받은 적이 있었다.

가끔 특출한 재능을 보여 그 자리에서 스카웃 제의를 받는 자들도 있긴 했지만 그때의 자신은 아니었다.

괜히 그 당시 기억이 떠올라 쓴웃음을 흘렸다.

"왜 저런대. 갑자기 웃기나 하고."

"에휴. 제가 알고 있었으면 이렇게 광석이나 캐고 있겠어요? 진작 마왕님 곁에 가서 아부나 떨고 있지."

"웃기고 있네. 광석 캐고 있는 건 나도 마찬가지거든?"

제대로 사정을 모르는 루시엔과 헥토르로선 그저 젬을 캘 뿐이었다. 그러던 중, 우연히 쿨단이 무언가를 유심히 살피는 것이 보였다.

"저 뼈다귀 자식은 저기 몰래 숨어서 뭐하는 거야."

"무언가 수상한데요. 한번 알아볼까요?"

"됐어, 내버려 둬. 또 길바닥에서 뼈나 주운 거겠지."

따로 의사소통도 되지 않았기에 금방 관심이 식었다.

그리고 바쿤으로 갔던 그레고리가 막 돌아오며 새로운 소식이 전해졌다.

"마왕님, 방금 막 가문에서 통신이 왔습니다. 아무래도 곧 평가전이 개최될 예정인 것 같습니다."

"……평가전이라면."

불현듯 헨드릭의 기억이 떠올랐다.

일정 기간마다 마계 위원회를 통해 열리게 되는 마왕들의 평가전. 마계의 공식적인 행사이며 모든 마족이 관람 가능한 무대이기도 했다.

다만 헨드릭은 이전 평가전에 참가하지 않았다.

한창 망나니짓을 하고 다녔기 때문에 프로이스 가문도 일체 신경을 쓰지 않았고, 실제로 가주인 펠드릭 또한 평가전을 관람하지 않았었다.

"예. 가주님께서도 개인적으로 말씀을 전해오셨습니다."

"무엇이지?"

"이전의 불명예를 씻고 당당히 평가전에서 승리하시라고 말입니다."

말한 것은 그레고리였지만 자연스레 펠드릭이 연상됐다.

아무래도 이전 평가전이 끝내 불만이었던 모양이다.

용찬은 가볍게 실소하며 재차 물었다.

"일정은?"

"정확히 일주일 후입니다. 이미 다른 마왕분들은 통보를 받으신 듯하더군요."

"쓸데없이 시험하려 드는군. 아니, 어쩌면 가문의 명예를 되살리려는 원로 측 입장일 수도 있겠어."

"예. 정확한 내용은 하루 전날 마계 위원회를 통해 다시 한번 더 통보될 예정인 것 같습니다."

일주일 동안 준비를 하라는 뜻이다. 시간이 촉박하게 느껴질 수도 있었지만 오히려 용찬은 만족스러웠다.

슬슬 다른 마왕들을 치고 올라가려 했던 상황. 그런 와중에 보란 듯이 발판이 생겼으니 마음껏 이용해야 했다.

"다들 들었겠지? 정확히 일주일 후 평가전이 시작된다. 그때까지 우리 바쿤도 준비를 한다."

"……."

갑작스러운 평가전 소식에 병사들의 표정이 멍해졌다.

하지만 용찬이 굳은 얼굴로 쏘아보자 제각기 반응했다.

그리고.

"이해했다면 따라와라. 다시 훈련 시작이다."

대부분 울상을 지었다.

마계의 대부분을 관리하는 마계 위원회. 초창기 시절부터 마왕성의 기능을 제작하고 관리해 온 집단이다.

그들이 가장 주시하는 것은 마왕, 가문들의 충돌이었는데, 최근에는 빈번히 플레이어들까지 넘어오자 더욱 바빠져 있는 상태였다. 게다가 슬슬 평가전의 시기도 가까워졌다.

"미친. 이거 서류 누가 작성했어. 다시 적어 오라고 그래!"

"헤모리스 가문에 확실히 통보를 내리라고 했잖아. 이제 평가전 때문에 눈코 뜰 새 없이 바빠질 건데 자꾸 미스릴 광산 건으로 얘기가 들려오면 어쩌자는 거야!"

"좀 더 플레이어 경계 레벨을 높여. 우리는 스킬이나 아이템 없이 고유 시스템을 볼 수 없다고!"

누가 뭐라 해도 가장 바쁜 것은 위원들이었다.

세 가지 성향으로 나눠진 각 무리는 가끔씩 모여 마왕들에 대해 토론하기도 했는데, 마침 중립파의 일원들이 한자리에 모여 얘기를 나누고 있었다.

"역시 이번 서열전도 승리자는 정해져 있겠지?"

"서열마다 따로 평가전을 치르게 되니 총 8명이 되겠군."

"그렇긴 한데 나는 개인적으로 서열 3위 마왕에게 관심이 기울고 있어. 이번에 침입한 랭커 플레이어들까지 제압했다고 하잖아."

가장 먼저 언급된 것은 불패의 마왕이었다. 일명 전쟁광으로도 불리며 몰락해 가던 토멜 가문을 일으켜 세운 장본인이기도 했다. 최하위권 서열에서 3위까지 올라온 것만 봐도 대단한 자다.

하지만 다른 이들의 생각은 또 달랐고 대화는 길어졌다.

"이봐, 자네 생각은 어때?"

느긋이 차를 마시던 한 위원에게로 시선이 몰렸다.

더 이상 언급할 만한 마왕이 없던 모양이다.

질문을 받은 위원은 잠시 차를 내려놓고 역으로 물었다.

"먼저 답하기 전에 묻고 싶군. 서열 70위대 평가전에선 누가 우승할 것 같나?"

"뭐, 아무래도 70위인 제리엠 란드로스나 71위인 신드라 케

서스 중 한 명이 차지하겠지. 한데, 그건 왜 묻는 건가."

"음. 개인적으로 궁금해서 말이지. 그러면 다른 세 명은 어떤가?"

"그 세 명은 글렀어. 애초에 73위는 이번 평가전에 참가하지도 않았고, 픽스 파이멀린은 저번 서열전 이후로 미쳐서 베텔에 틀어박혀 있다고 하잖나. 헨드릭 프로이스는 이제 좀 망나니에서 벗어난 것처럼 보이지만 아직 다른 둘을 상대하기엔 역부족이지. 게다가 E급에서도 못 벗어났다고 하던데 마력까지다루지 못하니 어떻게 버티겠어."

하멜에서 모든 기술의 근본은 기력과 마력이다. 보통 육체적인 기술은 기력, 마법적인 기술은 마력으로 구분되지만 직업에 상관없이 두 가지를 모두 다룰 수도 있다.

실제로 마족들은 육체 자체가 마력에 특화되어 있다 보니 기사들도 기본적으로 마력 기술을 사용하는데, 헨드릭의 경우 검술은 물론 마법 쪽으로도 재능이 없었다.

대답을 들은 위원도 그 생각은 마찬가지인지 고개를 끄덕이며 동의했다.

"확실히 그렇긴 하지."

"아니, 그래서 누구라는 겐가. 골렌."

"흐음."

위원, 아니, 골렌은 다시 차를 음미하며 말을 아꼈다.

결국 답답해진 다른 의원들은 한참 그를 노려보다 이내 포기하곤 방을 나가 버렸다.

수행 과제는 기본적으로 플레이어 퀘스트와 흡사했다.

달성 목표가 있고 보상이 존재한다. 끝없이 이어진다는 점만 제외하면 공통된 부분은 많았다.

하지만 대상이 마왕성 플레이어다 보니 내용은 달랐다.

구구구구!

모래로 된 바닥이 흔들거린다.

이번 수행 과제 목표로 정해진 놈들이다.

"저쪽이야. 저쪽으로 온다고!"

"누님, 그쪽이 아니라 이쪽이라니까요. 귀도 크시면서 왜 그래요!"

"뭐, 너 말 다 했냐?"

한참 티격태격하던 두 명이 동시에 고개를 틀었다.

"……페페펭."

한가하게 바닥에 누워 잠을 청하고 있는 펭귄.

루시엔은 한심스러운 눈길로 헥토르를 쳐다봤다.

"거봐. 내 말이 맞잖아."

"어라. 내가 잘못 들었……."

콰아아아!

"페펭. 위르겐 살려!"

푹 잠에 빠져 있던 위르겐이 공중에서 허우적거렸다.

어느새 땅 밑에서 튀어 오른 데스웜은 입을 쩍 벌리며 먹잇 감이 떨어지길 기다렸다.

그 순간, 놈의 몸통으로 연달아 화살이 박혔다.

"크워어어어!"

"오예. 연속으로 세 발이나 명중!"

연사에 익숙해진 헥토르는 명중률이 더욱 늘어났다.

하지만 이번처럼 행운 능력치가 적용될 때도 많았다.

"이것들아, 나 좀 살려달라고. 페펭!"

"시끄러. 이 음흉한 제피르 자식아. 거기 꼼짝 말고 가만히 있으라고!"

데스웜이 재차 바닥을 구르고 있던 위르겐을 노렸다.

루시엔은 가볍게 도약하며 공중에서 몸을 비틀었다. 그리 고 펭귄을 노리던 놈의 아가미 사이로 검을 내리꽂았다.

놈은 루시엔의 공격에 치명상을 입은 듯 괴성을 내질렀다.

"쿠어어어어!"

"가만히 있으라고!"

거센 몸부림 속에서 점차 자상이 늘어난다.

뒤이어 지원 사격까지 이어지자 서서히 움직임이 잦아들었다.

그사이 위르겐은 안도의 한숨을 내쉬며 바닥에 엎어졌다.

하지만 아직 전투는 끝이 아니었다.

"꺄악! 이놈들 대체 어디 있다가 튀어나오는 거야!"

"누님, 뒤에도 더 있어요!"

"아이고. 나 죽네, 나 죽어. 페펭!"

그 이후로도 데스웜은 계속해서 나타났다.

가끔 흥분한 헥토르가 직접 활로 데스웜의 몸통을 후려치기도 했지만 전황 자체는 그리 나쁘지 않았다.

그 모습을 지켜보던 용찬은 이내 등을 돌렸다.

'파이칸 고대 유적지 공략까지 최소한으로 잡아도 4개월 정도 남은 건가. 넉넉하다고 볼 수도 있겠지만 안심할 수는 없겠어.'

D급 언저리부터 성장 자체가 느려진다. 그 증거로 자신은 물론 병사들도 아직 D급을 코앞에 두고 있는 상태다.

이럴 때는 큰 전투를 통한 경험 및 성장 계기가 필요하다.

용찬은 마무리된 수행 과제를 확인한 뒤 수정구를 꺼내 들었다.

"그레고리, 상단에 의뢰한 물품들은 도착했나?"

-오늘 막 도착했습니다.

"잘됐군. 바쿤의 모든 인원을 불러 모아라."

갈무리된 기세 속에서 점점 살기가 드러난다.

본격적으로 마왕의 서열을 끌어올릴 시간이다.

그 무대는 바로.

"미첼의 수도 헤임달로 출발한다."

평가전이었다.

평가전은 하멜력으로 대략 반년마다 개최된다.

헨드릭이 바쿤을 맡기 시작한 지 얼추 1년 반. 그리고 용찬이 바쿤을 맡은 지도 대략 반년쯤 지나간 상태였다.

용찬이 회귀한 후 처음으로 바쿤이 참가하는 것이다.

올해도 개최지는 중립국인 미첼이었고, 수도 헤임달은 한창 시끌벅적한 분위기였다.

"미첼의 수도 헤임달에 도착했습니다."

"저번에 봤던 게이트 키퍼로군. 여기 게이트 비용이다."

"감사합니다. 드디어 헨드릭 프로이스 님께서도 평가전에 참가하시는군요. 기대하고 있겠습니다. 부디 프로이스 가문의 명예를 높여주시기를."

가문으로 복귀 당시 만났던 게이트 키퍼. 자신을 노레스라고 소개한 마족은 이번에도 정중히 용찬을 대했다.

다른 자들과 달리 프로이스 가문 자체를 굉장히 호의적으로 보는 듯했다.

"어, 저기. 망나니 마왕도 왔나 보네."

"예끼. 이제는 망나니가 아니라고 몇 번을 말하는가. 함께 온 병사들을 보게. 분명 이번 평가전에서 프로이스 가문의 명성을 드높여 줄걸세!"

"올해도 평가전 개최지가 프로이스 가문의 도시일 줄이야. 여기서 패배하면 여간 망신이 아니겠어."

도시의 거주민들은 가지각색의 반응을 보였다.

일부는 프로이스 가문의 도시인 만큼 바쿤이 당당히 승리하길 바랐지만, 줄곧 보여준 행태가 있다 보니 기대보다 걱정이 앞서고 있었다.

하지만 정작 당사자인 용찬은 앞으로의 일정으로 머리가 복잡하기만 했다.

'D급부터 회수할 히든 피스 숫자가 만만치 않아. 고대 유적지와 마왕성을 염두에 두려면 적절히 순서를 정해둬야 해.'

현재 자신은 회귀를 통해 이전보다 빠르게 성장했다.

다만 플레이와 마왕성 두 가지 모두 집중하다 보니 시간이 지체되는 감도 없지 않아 있었다. 그러다 보니 기억 속 날짜들과 성장 시기가 비슷하기도 했다.

'본격적인 시작은 D급부터야. 우선 새로운 장비와 사용하지 못하는 마력을 대신할 수단을 찾아야 해.'

예를 들면 제단장의 장갑이다. 뇌격의 효율이 쓸 만하긴 했지만 초반 장비 수준에 지나지 않았고, 최근 들어 자동으로 효과가 발동해 말썽을 피우곤 했다.

용찬은 지금도 파지직거리는 장갑을 보며 인상을 찌푸렸다.

그러다 마계 위원회에서 보낸 일원이 도착하자 그쪽으로 고개를 돌렸다.

"늦어서 죄송해요. 바쿤의 안내역을 맡은 마계 위원회의 메리예요. 잘 부탁드려요, 헨드릭 도련님."

자신을 메리라고 소개한 마족은 수인의 피가 섞인 은발의 여인이었다.

그녀는 꼬리를 살랑거리며 경기장까지 안내를 시작했고, 간간이 말을 걸며 용찬을 귀찮게 했다.

"쟤 지금 우리 보면서 코웃음 친 거 맞지?"

"아무래도 서열이 낮으니까요. 저희가 참을 수밖에 없죠."

"페펭. 예상대로 바쿤의 입지는 무척 낮은 것 같군."

병사들도 메리의 태도가 마음에 들지 않는 것인지 제각기 수군거렸다.

애초에 호칭부터 낮춰서 부르는 그녀다. 이제 겨우 베텔을 이긴 최하위 서열 마왕을 높게 평가할 리 없었다.

"아, 마침 서열 45위 마왕인 실비아 님도 오고 있네요."

헤임달의 광장 쪽으로 진입할 때쯤, 곳곳에서 환호성이 들려오기 시작했다.

세빌 가문의 후계자인 비통의 마왕. 랜드로드 마왕성을 맡고 있는 적발의 미인이 화려한 마차 안에서 모습을 드러냈다.

거리에 있던 마족들은 열렬히 환호하며 그녀의 이름을 외쳤고, 실비아는 가볍게 손을 흔들며 메리 앞으로 다가왔다.

"오랜만에 뵙네요. 실비아 님."

"그동안 잘 있었나 보네. 그래서 이번에는 어떤 마왕을 안내하고 있는 거야?"

"보면 아시겠지만 바쿤의 마왕인 헨드릭 도련님이에요."

"흐응. 바쿤이 참가하는지는 몰랐네. 애초에 그쪽은 관심이 없어서 말이야."

느긋이 머리를 쓸어 넘기던 실비아가 고개를 돌렸다.

가볍게 바쿤의 병사를 훑어보던 그녀는 이내 조소를 흘리며 용찬을 쳐다봤다.

"뭐, 누가 이기든 상관없으려나. 잘 해보라고, 망나니."

"……"

대놓고 망신을 준 실비아는 그대로 마차와 함께 경기장을 향했다. 광장에 모여 있던 마족들은 바쿤 일행을 비웃기 시작했고, 안내를 맡고 있던 메리도 슬쩍 웃음기를 내보이며 손짓했다.

"그다지 신경 쓰지 않으셔도 되요. 자, 계속 가실까요?"

"그래. 지금 바쿤의 위치가 이 정도라는 거군."

"네?"

"지금 이 광경을 절대 잊지 마라. 잊는 순간 더 이상의 발전은 없을 테니."

메리는 용찬의 말뜻을 이해하지 못해 고개를 갸웃거렸지만, 뒤에 있던 바쿤의 병사들은 아니었다.

모두가 비웃는 서열 72위의 마왕성 바쿤.

앞으로 변화시켜야 할 첫 번째 목표였다.

그들은 각자 굳은 각오로 고개를 끄덕이며 마저 안내를 따르기 시작했다.

와아아아아!

경기장으로 도착하자 벌써 만석이 된 관중석이 보였다.

콜로세움 형식으로 만들어진 승리의 홀. 이번 평가전을 위해 개설된 커다란 돔 구조의 경기장이었다.

그리고 가주들을 위한 최상층의 좌석도 따로 마련되어 있었는데, 펠드릭은 물론 익숙한 자들도 드문드문 보였다.

'아까 비통의 마왕도 그렇지만 헨드릭의 몸으로 다시 보게 되니 감회가 새롭군.'

회귀 전 충돌했던 수십 명의 마족. 그땐 플레이어로서 마주했지만 지금은 마왕으로서 그들을 올려다보고 있었다.

"우선 경기 시작 전까지 대기실에서 기다리게 될 거예요. 바쿤 같은 경우 아직 D급에 도달하지 못한 관계로 좀 더 큰 대기실로 잡아볼게요."

"마왕성의 등급과 무슨 상관이 있는 거지?"

"아, 미처 설명을 못 드렸네요. 아까도 보셨듯이 대부분 마왕님들은 도시를 방문할 때 따로 병사들을 데리고 다니지 않아요. D급부터는 마왕성 병사들을 도시로 이동시킬 수 있는 포탈 권한이 부여되기 때문이죠. 그러니 우선 바쿤 병사들을 생각해 큰 방으로 잡는다는 거예요."

메리는 마계 위원회가 주는 혜택을 설명했다. 그제야 아무런 병사들 없이 홀로 다니던 실비아가 이해됐다.

'아무래도 각 등급마다 차별점은 둔 것 같군.'

어찌 보면 D급 이하로는 무시하는 것이나 다름없었다.

그렇게 용찬과 병사들은 대기실로 안내됐고, 도착하자마자 이번 평가전에 대한 규칙을 들을 수 있었다.

"비스커빌 해의 첫 번째 평가전은 저번과 다름없이 각 서열 단위로 진행돼요. 상대하게 되는 마왕은 지목으로 선정되며 지목할 수 있는 권리는 서열에 따라 정해지죠."

예를 들어 서열 70위대에서 픽스가 용찬을 지목하게 되면 남은 마왕들은 자연스레 그들끼리 평가전 상대를 골라야 된다는 뜻이었다.

대결의 규칙은 먼저 병사 및 용병들이 출전하게 되고 세 번째 대결부터 마왕이 직접 나설 수 있는 5판 3선승제였다.

"헨드릭 도련님은 첫 출전이니 모르실 수도 있는데 평가전 승리자에게 장비 및 아이템을 보상으로 지급해요. 하지만 그 것보다 더 중요한 게 바로 다음 서열 도전권이에요."

"다음 서열 도전권이면 70위대인 나도 60위대 마왕들에게 도전할 수 있다는 뜻인가?"

"맞아요. 대부분은 도전권 때문에 평가전에 참가한다고 봐 도 과언이 아니죠. 그러니까 헨드릭 도련님도 열심히 노력해 봐요. 이번 평가전은 73위 마왕님께서도 불참이라고 하시니 운이 좋으면 우승할지도 모르는 일이잖아요?"

그 말을 끝으로 메리는 대기실을 나갔다.

용찬은 조용히 생각을 정리했고, 병사들은 메리의 마지막 말이 마음에 들지 않은 것인지 바짝 성을 내고 있었다.

"끝까지 뭐라는 거야. 뭐? 운이 좋으면 우승할지도 모른다 고? 웃기지 말라그래!"

"키에에엑. 키엑!"

"누님, 누님. 이참에 마족들을 확 놀라게 해주자구요. 저도 더 이상 화가 나서 안 되겠어요!"

광장에서의 일에 자극받은 병사들은 더욱더 불이 붙었다.

하지만 여유롭게 자리에 앉아 있던 위르겐은 그들을 보며 혀를 찼다.

"쯧쯧. 시작 전부터 쓸데없이 기를 빼고 있다니. 한심한 것들. 이런 평가전 따위 광대놀음일 뿐인데 말이지."

"이잇! 시끄럽거든. 빌어먹을 제피르 일족 자식아!"

"페에에에. 내가 틀린 말이라도…… 했누야고!"

위르겐의 두툼한 볼을 쭉 잡아당기며 화풀이를 하는 루시엔. 그사이 칸과 켄은 자꾸 얼굴을 숨기는 쿨단을 계속 쳐다보고 있었는데, 유심히 들여다보니 쿨단이 이전에는 보이지 않던 마스크를 착용하고 있었다.

켄은 자리를 뛰어다니며 호들갑을 떨다 용찬에게 고자질(?)했다.

"키엑. 키에엑!"

"음. 저건?"

마침 용찬의 눈에도 턱 위로 드러난 마스크가 보였다.

해골 문양으로 새겨진 검은 마스크. 칙칙한 후드까지 눌러 쓰고 있던 쿨단은 마치 폭주족 같은 느낌을 연상시켰다.

"언제 플레이어 장비를 습득한 거지, 쿨단?"

"……."

정황상 라딕 던전에서 몰래 얻은 장비 같았다.

따로 보고하지 않았던 쿨단은 뼈를 덜덜 떨다 이내 고개를 숙였다.

[ㅠㅠ]

불현듯 눈앞으로 나타난 메시지.

심각한 표정을 짓고 있던 용찬을 당황케 하기 충분한 이모티콘이었다.

"그 장비는……."

"헨드릭 도련님, 입장할 시간이에요. 일단 병사들은 놔두고 절 따라오세요!"

그때 메리가 문을 활짝 열고 손짓했다.

마스크에 대해 물으려 했던 용찬은 우선 병사들을 놔두고 그녀를 따라갔다.

그리고.

-현재 마왕성을 맡고 있는 74좌의 마왕들이 입장합니다!

관중들의 박수갈채 소리와 함께 마계의 모든 마왕이 경기장 중앙으로 모였다.

마계의 군주, 마계의 지배자. 그리고 각 가문의 자존심이라 할 수 있는 후계자들이 한자리에 모였다.

비록 단 한 명만큼은 정상적이라 볼 수 없을 정도로 불안 증세를 드러냈지만 평가전은 계속되었다.

"탄투라 해에 이어 비스커빌 해의 첫 평가전이로군요."

"흐음. 파이멀린 가문의 픽스는 거의 반쯤 망가져 있군. 저상태로 평가전 진행은 할 수 있을는지."

"어쩔 수 없죠. 파이멀린 가문 측에서 강제로 내보냈으니까요. 아마 제대로 싸워보지도 못하고 탈락할 거예요."

최상층에 앉아 있던 가주 두 명이 마왕들을 쭉 훑어보며 평가하기 시작했다. 픽스의 이름이 나오자 파이멀린 가주의 인상이 구겨지기도 했지만 대화는 멈추지 않았다.

그리고 마침 빈 좌석에 펠드릭이 앉자 시선은 그에게로 모였다.

"오늘도 지각이시네요. 프로이스 가주?"

"자네 후계자나 신경 쓰지 그러나. 세빌 가주."

"오호호호. 저희 실비아는 쭉 잘해오고 있으니 이번 평가전도 크게 걱정은 없답니다. 오히려 지금은 헨드릭 도련님이 걱정되는 상황 아닐까요? 올해는 반대로 73위 마왕이 불참하고 헨드릭 도련님께서 참가하셨으니까 말이죠."

실리엔 세빌. 전대 마왕 중 서열 10위권에 달하던 그녀는 처음부터 묘하게 신경을 건드렸다.

하지만 실제로 반박할 수 없는 사실이기도 했다. 만약 픽스가 신드라를 고를 경우 헨드릭은 자연스레 제리엠과 평가전을 치를 수밖에 없었다. 게다가 역으로 헨드릭을 고른다 쳐도 결국 마지막에 남는 자들끼리 맞붙어야 하는 상황.

바쿤으로선 따로 선택지가 없다고 봐도 무방했다.

"다시 한번 말하지만 자네 후계자나 신경 쓰게."

"어머. 의외로 아들을 믿고 계신가 보네요. 저도 개인적으로 기대해 볼게요. 물론, 단지 흥미일 뿐이지만."

마침 서열 70위대 지목식이 진행되고 있었다. 73위 마왕의 불참으로 인해 총 네 명의 마왕이 주목받게 됐고, 겐트를 비롯한 펠드릭에게 악감정이 있던 가주들이 서로 웃고 떠들기 시작했다. 그중에는 옆자리에 앉은 실리엔도 있었다.

하지만 안타깝게도 픽스는 헨드릭과 마주치자마자 새파랗게 질린 겁먹은 얼굴로 경기장에서 도망쳐 버렸다.

"아하하하. 저 꼴 좀 봐. 마왕 맞는 거야?"

"서열 74위로 떨어졌다더니 망나니보다 더 심각하잖아."

"파이멀린 가문도 이제 하락세겠구만."

경기장 전체가 폭소와 비난으로 가득 채워졌다.

"이런, 빌어먹을!"

결국 파이멀린 가주는 화를 참지 못하고 그대로 자리를 떠났다.

수치도 이런 수치가 없을 터. 가문의 명예까지 생각한다면 이래저래 골치가 아플 것이다.

"아까까지 웃고 떠들던 관중석 마족들이 어떻게 될는지 궁금하네요."

"파이멀린 가문 측에서 따로 처리할 테지. 마왕을 비웃는 것은 가문 전체를 비웃는 것이나 다름없으니까."

아마 평가전 첫날이 끝나자마자 일부 마족이 의문사할 것으로 보였다. 그렇게 갑작스러운 소란도 이내 잠잠해지고, 지목식은 계속해서 진행되었다.

"아쉽네요. 픽스가 신드라를 택했더라면 좀 더 재밌는 상황이 벌어졌을 텐데."

"오히려 잘됐군."

"무슨?"

서서히 헨드릭이 상대를 지목하는 순간이 다가왔다.

펠드릭은 느긋이 팔짱을 낀 채로 입가에 미소를 띠었다.

'절 어떻게 판단하든 그것은 가주님의 몫일 뿐, 저에겐 아무런 상관없습니다. 계속 이렇게 시험을 하신다면 전 이만 물러나 보겠습니다.'

대면 당시 자신의 앞에서 표출한 감정들은 결코 망나니 시절의 아들이라 생각할 수 없는 기세가 담겨 있었다.

-제가 지목할 상대는 제리엠 란드로스입니다.

경기장 전체가 술렁이기 시작한다. 편안히 지목식을 구경하던 란드로스 가주의 얼굴이 당혹으로 물들었고, 옆자리의 실리엔도 크게 뜬 두 눈만 깜빡거렸다.

하지만 예상치 못한 반전에도 펠드릭은 당연하다는 듯 고개를 끄덕였다.

"암. 내 아들이라면 응당 이래야지."

지목된 당사자인 제리엠마저 당황하는 가운데 최상층에서 거센 불길이 뿜어져 나왔다.

"꺄아아악. 프로이스 가주, 미쳤어요?"

"젠장. 또 난리를 치는군. 아무나 저 자식 좀 말려보게!"

"빌어먹을. 펠드릭 프로이스 놈. 아들이고 아버지고 부자간으로 말썽을 피우는군!"

그렇게 평가전은 시작도 하기 전에 최상층의 화재부터 잠재워야 했다.

"어이. 저거 정말 사실이야? 신드라 님을 지목해도 이상하지 않을 상황에서 하필 제리엠 님이라니."

"괜히 겁 없이 달려들었다가 호되게 깨지고 망신만 당하는 것 아닌가 몰라."

"망나니에서 벗어났다고 하더니 너무 자신감만 앞서는 거 아냐?"

관중들의 불신과 비웃음이 들려온다. 72위 마왕이 자신보다 두 단계는 높은 마왕을 지목했으니 그럴 만도 했다.

제리엠 또한 처음부터 자신을 지목할 줄은 몰랐던 것인지 불쾌한 안색이었다.

"네놈, 드디어 미친 거냐? 나를 뽑다니. 내가 그리 만만하게 보였나 보지?"

"웃기는군."

"뭣?"

용찬은 가볍게 코웃음 치며 그를 노려봤다.

"너 따위는 관심밖이다. 만만하게 여기고 자시고를 떠나 애초에 네놈은 보이지도 않았어."

"으드득. 이 빌어먹을 자식이!"

"오히려 붕대 마족 놈에게 볼일이 있다고 볼 수 있지."

헤임달에서의 충돌, 오크들을 이끌고 온 정체불명의 마족, 롱 담에서 기습한 붕대 마족까지.

단지 추측이라고 해도 전부 란드로스 가문과 연관되어 있었다. 그리고 사냥감은 넌지시 던진 미끼를 덥석 물며 금세 반응을 보였다.

"무, 무슨 헛소리를 지껄이는 거냐. 그런 녀석 따위 우리 언노운에 존재하지도 않아!"

"내가 누구를 말하는 줄 알고 그렇게 마왕성부터 언급하는 거지. 난 그저 붕대 마족 놈이라고 말했을 뿐일 텐데?"

"······크윽. 아주 날 갖고 노는구나. 애초에 이번 평가전에서 네놈을 짓밟아주려 했는데 차라리 잘됐어. 처음부터 날 지목한 것을 후회하게 만들어주마. 헨드릭 프로이스!"

붉은 날개를 펄럭이며 분노를 표출하던 제리엠은 그대로 대기실로 돌아갔다. 중간에 껴서 눈치만 보던 71위 마왕 신드라 또한 뒤따라 경기장을 빠져나가고 홀로 남겨진 용찬은 천천히 최상층을 올려다봤다.

알몸에 로브 하나 걸친 채로 혼자 넓은 자리에 앉아 있는 펠드릭 프로이스. 평소에 제대로 감정 컨트롤을 하지 않으면 자동적으로 권능이 발현되는 버릇이 또 나온 모양이다.

'아마 네놈도 평가전을 통해 내 자질을 시험하고 싶겠지.'

한때 홍염의 패자로 이름을 날린 아버지와 망나니로 전락해 버린 비운의 아들. 둘의 눈이 마주친 가운데 각자 다른 입장에서 서로를 응시하고 있었다.

지목식이 끝났다. 평소라면 높은 서열 마왕들에게로 흥미가 기울겠지만 올해 서열전은 약간 달랐다.

72위인 헨드릭 프로이스가 70위 제리엠 란드로스를 지목한 것이다.

그로 인해 관중들 일부는 오히려 70위대 평가전에 크게 관심을 두고 있는 상태였다.

"헨드릭 도련님, 언노운은 최근에 D급으로 오른 마왕성이에요. 무언가 착오가 있으셨던 거 아니에요?"

"네 역할은 평가전 설명으로 끝이었을 텐데. 굳이 지금 나를 찾아와 따지듯 묻는 건 무슨 이유지?"

"화, 확실히 맞는 말씀이긴 하지만 그래도 이건 좀 아니라고 생각되는……."

"따로 볼일이 없으면 이만 꺼져라. 더 이상 안내역 따윈 필요 없으니."

지목식 이후 찾아온 메리는 금방 용찬에게 쫓겨났다.

쓸데없는 오지랖은 물론 분위기 파악도 못 하고 눈치 없는 성격까지. 바쿤을 얕잡아 보는 것을 떠나 처음부터 마음에 들지 않던 그녀였다.

귀찮은 안내역을 떼어내자 다음 문제는 쿨단이었다.

[ㅜㅅㅜ]

이전보다 한 단계 업그레이드된 이모티콘.

지금도 쿨단은 안 벗겨지는 마스크를 붙잡고 하염없이 슬픔을 표현하고 있었다.

"끄으으응. 마왕님, 이거 전혀 안 벗겨져요!"

"이거 대체 장비가 뭘로 만들어졌길래 이렇게 붙잡아 당기는 데도 끄떡도 안 하는 거야!"

한참 마스크를 붙잡고 씨름하던 헥토르와 루시엔도 이내 포기를 선언했다.

아무래도 장비 자체에 저주가 걸린 듯했다.

"착용 해제 불능 저주인가. 따로 정화하지 않는 이상 벗기는 것은 불가능하겠어."

[ㅠㅅㅠ]

"애초에 네가 자초한 거다."

[ㅇㅅㅇ]

불현듯 살심이 솟구쳤지만 용찬은 무시했다.

플레이어들의 감정을 이모티콘으로 대신 표현해 주는 아티팩트 장비에 대해 얼핏 들어본 기억이 있었지만 전투적으로 효율이 없어 신경 쓰지 않던 것 중 하나였다.

"어쩔 수 없군. 이대로 출전한다."

슬슬 첫 번째 평가전이 시작될 시간이다.

대결 후보는 기존 계획대로 루시엔과 쿨단이 뽑혔다.

용찬은 병사들과 함께 즉시 경기장으로 이동했다.

그리고 마족들의 시선이 집중되는 가운데, 제리엠과 언노운의 병사들 또한 모습을 드러냈다.

서로 대놓고 노려보는 대치 구도, 금방 충돌이 일어날 것 같았지만 진행을 맡은 위원이 끼어들며 다행히 사고는 벌어지지 않았다.

"이번 평가전 진행을 맡은 마계 위원회 일원 램버스라고 합니다. 우선 진정하시고 대결 필드로 이동해 주시죠."

광대 복장을 한 램버스가 준비된 게이트를 가리켰다.

그와 동시에 바쿤과 언노운의 전 병력이 모두 다른 곳으로 순간이동 됐다.

성채 입구와 흡사한 평가전 필드는 중앙에 원형 투기장을 두고 각각 진영까지 다리가 놓여 있었다.

"규칙은 안내역 위원분들이 설명해 주신 대로 5판 3선승제입니다. 따로 장외패는 존재하지 않으며 상대방이 기권을 하거나 전투 불능 상태가 될 시 승리 판정이 됩니다."

추가로 회복 및 버프 아이템의 사용 금지까지 공표되고 본격적으로 평가전이 시작됐다.

첫 번째 대결 후보들은 즉시 중앙 원형 투기장으로 걸어갔고, 동시에 필드 내부로 열렬한 환호성이 들려왔다.

필드로 이동돼도 그대로 관전은 가능한 모양이다. 성채 곳곳으로 수정구가 떠돌아다니는 것을 보아 마계 전체로 중계까지 되는 것 같았다.

"바쿤의 첫 번째 후보는 정식 E급 네임드 용병 루시엔. 장비로 볼 때 이도류를 다루는 다크 엘프로 보입니다."

등급 측정 스킬을 가지진 램버스가 후보들을 소개했다.

루시엔의 상대는 E급 네임드 용병 샤카루. 보통 리자드맨보다 두 배는 덩치가 큰 밸런스형 전사였다.

"츠으으. 하필 상대가 약해 빠진 다크 엘프라니. 시작부터 김빠지는군."

"그 생각 곧 바뀌게 될 거야."

마침 대결 시작 신호가 떨어졌다.

맞은편의 제리엠은 벌써부터 승기를 장담한 표정이었다.

하지만 두 명의 용병은 경험부터 차이가 났다.

'곧 수준 차이를 실감하게 될 거다.'

서서히 관중들의 분위기도 언노운의 승리 쪽으로 기우는 가운데, 용찬만큼은 여유롭게 경기를 바라보고 있었다.

⁂

'지금의 나는 옛날과 달라. 이길 수 있어!'

플레이어들의 습격으로 숲이 불타오르던 뼈아픈 기억.

이제는 더 이상 무력하게 지켜만 보지 않을 것이다.

루시엔은 샴쉬르와 타원형 방패를 든 샤카루를 보며 용찬의 말을 떠올렸다.

'보통 방패를 든 전사들은 방어를 중요시하지. 싸움이 길어지면 불리한 것은 너다. 초반에 틈을 노려라.'

비록 마음에 안 드는 마왕이었지만 정확한 조언이었다.

플레이어를 상대하면서 실감했기에 망설임은 없었다.

[신속화(공용)이 발동됩니다.]
[방패술이 발동됩니다.]

예상대로 방패를 먼저 올려 든다.

빠른 몸놀림으로 연달아 공격을 가하자 방패가 흔들렸고, 측면으로 계속해서 파고들며 끊임없이 몰아붙이기 시작했다.

체력적인 측면에서 한 수 위였던 샤카루는 이리저리 검날을 막아내며 가끔씩 샴쉬르를 휘둘렀다.

하지만 민첩에 특화된 루시엔은 치고 빠지기를 반복하며 간격을 유지했다.

"건방진!"

불현듯 방패 사이로 튀어나온 쇠사슬. 길게 쭉 뻗어진 사슬은 루시엔의 가냘픈 몸을 잡아당기기 위해 좌우로 퍼져 경로를 우회했다.

'일정 시간 동안 유지되는 투척 계열 스킬은 성공하면 득이지만 실패하면 시전자에게 독이다. 그것을 잊지 마라.'

훈련 내내 귀가 닳도록 들었던 얘기다.

경기장 전체를 감싸듯 사슬이 퍼졌다면 피할 곳은 허공뿐.

[공중 도약이 발동됩니다.]

새로 생긴 E급 공용 스킬.

마치 공중에 발판이 생긴 듯 가볍게 발을 내딛자 이내 몸이 붕 떴다.

결국 사슬은 허공만 가른 채 허무하게 회수되기 시작했고, 루시엔은 그 틈을 놓치지 않았다.

[차지 어택이 발동됩니다.]

교차하는 칼날 속에서 기력과 마력이 모여든다.

"이, 이런!"

"이미 늦었다고!"

거의 온몸의 힘을 실어 놈에게 칼을 내려찍자 허겁지겁 올려 든 방패가 크게 기울었다.

위력을 감당하지 못해 그 반동으로 중심을 잃은 것이다.

사슬까지 회수하고 있었으니 큰 실수한 것이나 다름없었고, 루시엔은 방패를 발로 차 샤카루를 뒤로 밀어냈다. 그리고 연달아 신속 가르기를 시전해 놈을 코너로 몰아넣자.

까앙!

마침내 유일한 희망이던 방패가 튕겨 나갔다.

샤카루는 낭패 어린 표정으로 급급히 샴쉬르를 휘둘렀고, 스킬까지 쓰며 벗어나려 했지만 쉽지 않았다.

치고, 또 치고. 그저 끊임없이 상대를 물고 늘어질 뿐.

다른 것은 일절 생각하지 않았다.

"츠에에엑!"

그렇게 한참 일방적인 공방이 이어졌다.

그리고 마침내 샤카루의 복부로 깊은 자상이 생겨났다. 결국 놈은 바닥으로 허물어졌고 이내 무릎을 꿇는 치욕적인 상황이 벌어졌다.

순식간에 고요해지는 관중들.

루시엔은 거친 숨을 몰아쉬며 목가에 칼날을 들이밀었다.

"곧 바뀌게 될 거라고 했지?"

부정할 수 없는 바쿤의 첫 승리였다.

"말도 안 돼!"

당연히 이길 줄 알았던 승부, 아니, 이겨야 했다.

누가 봐도 샤카루가 월등히 뛰어나지 않은가.

제리엠은 처량히 돌아온 샤카루에게 다짜고짜 주먹을 휘둘렀다.

"츠엑!"

"쓸모없는 놈. 첫 승리를 바쿤에게 넘겨? 그것도 저런 다크 엘프 따위한테!"

"요, 용서해 주십시오. 마왕님."

"닥쳐! 당장에라도 찢어발기고 싶지만 관중들 때문에 간신히 참고 있는 거니까."

볼썽사납게 바닥에 처박힌 샤카루는 고개를 들지 못했다.

그도 그럴 게 5판 3승제인 평가전이다. 그 첫 대결의 승리를 바쿤이 따냈으니 언노운에선 다른 병사나 용병으로 반격을 해야 했다.

제리엠은 이를 갈며 다른 병사들을 쳐다봤지만 모두 용병만큼 강하진 않았다.

결국 남은 것은 다른 한 명의 용병.

하지만 란드로스 가주 앞에서 최후의 패를 꺼내자니 망설여지기 시작했다.

'젠장. 여기서 그 자식을 내보내면 그동안 서열전을 용병으로 이겨왔다는 게 전부 들통나고 말 거야.'

가문 측에선 순전히 본인의 힘으로 서열을 올린 줄 알고 있었다. 자신도 그런 반응을 즐기며 꾸준히 지원을 받아냈고 한동안은 계속 대우받는 나날들이 이어질 줄 알았다.

하지만 그것도 이제 끝이었다.

"마왕은 세 번째 대결부터 출전이라고 했던가."

"……잠시만 기다려."

"더 이상 기다릴 것도 없을 것 같군. 남은 병사 중 저 다크엘프보다 강해 보이는 녀석은 보이지 않아."

병사들 사이로 붕대를 감은 마족이 걸어 나왔다.

이전 롱 담에서 용찬을 습격하기도 했던 정체불명의 마족, 언노운의 숨겨진 용병이었다.

제리엠은 용병의 정확한 평가에 입술을 깨물었고, 램버스는 걸어 나오는 마족을 보며 자연스레 소개를 했다.

"오오. 이번에는 무려 D급 네임드 용병입니다. 마왕성 등급을 올리자마자 소환한 것인지 아니면 따로 이전부터 계약을 맺고 있던 것인지는 알 수 없지만 아무튼 상당한 용병이 나왔다는 것은 틀림없습니다."

관중들이 수군거리기 시작한다.

최근 언노운이 D급 마왕성이 되었다지만 여태껏 공개된 적이 없던 용병이다.

란드로스 가주조차 몰랐던 사실인지 당황하는 모습이 비춰졌고, 이내 평가전의 양상이 달라지기 시작했다.

"꺄아아악!"

"넌 내 상대가 아니다. 다크 엘프."

어마어마한 마력의 양.

사방으로 모래바람을 일으킨 용병은 접근조차 허용하지 않고, 겨우 몇 분 만에 루시엔을 제압하며 확실한 수준 차이를 보여주었다.

관중들은 일방적으로 끝난 두 번째 대결을 보며 입을 다물지 못했다.

그사이 전투 불능 상태가 된 루시엔은 바쿤 병사들에 의해 옮겨졌고 이어서 세 번째 대결 상대인 쿨단이 경기장에 입장했다.

하지만.

"약해 빠진 놈."

[ㅠㅅㅠ]

새로운 특성을 활용도 해보기 전에 패배하며 바쿤은 역으로 수세에 몰리게 됐다.

이것으로 언노운은 연달아 2승을 챙겨 간 상황. 한 번 더 패배하면 바쿤은 그대로 첫 평가전부터 탈락이었다.

"대단해. D급 네임드 용병 중에 저런 놈이 있을 줄이야."

"아까 마력 운용하는 거 봤어? 뛰어난 마법사인가 봐."

"이렇게 대결 두 번이 시시하게 끝날 줄이야. 약간 기대했었는데 바쿤도 여기까지인가 보군."

루시엔으로 인해 반전됐던 분위기가 다시 돌아왔다.

일부는 마왕이 직접 출전하지 않을까 기대를 걸어보고 있었지만, 붕대 마족이 보여준 엄청난 마력은 이미 서열 70위대 마왕들을 넘어서고 있었다.

도저히 바쿤으로선 상대가 되지 않는 상황.

그 순간, 경기장 중앙에 선 붕대 마족이 건너편에 있던 용찬을 가리켰다.

"이제 네놈밖에 안 남았군. 올라와라, 헨드릭 프로이스."

"……."

필드 내부로 두 명의 시선이 마주쳤다.

경기장 전체가 고요해진 가운데 점차 발걸음 소리가 울려 퍼졌다.

파지지직.

양손에 맺히는 푸른 뇌격.

긴장감 어린 분위기 속에 붕대 마족이 먼저 입을 열었다.

"롱 담에선 아쉽게 되었지만 이번에는 확실하게……."

순식간에 시야가 점멸한다.

쿵!

여유롭게 서 있던 마족이 그대로 바닥에 머리를 박았다.

강제로 짓눌리는 압박감, 믿기지 않는 상황에 인상을 구길 때쯤, 머리 위로 싸늘한 시선이 느껴졌다.

"건방……."

"무, 무슨?"

"……떨지 마라."

어느새 바쿤의 마왕이 광폭한 기세를 뿜으며 자신을 내려다보고 있었다.

덜컹덜컹.

긴 철로를 따라 열차가 어둠 속을 달린다.

곧 도착할 정착지는 일곱 번째 역. 미션 가이드에서 언급됐던 환승역이기도 했다.

"후우. 다른 진영 열차와 충돌한다고 하던데 설마 서로 들이박는 건 아니겠지?"

"재수 없는 소리 하지 마. 간신히 버티고 있는 사람 앞에서 못 하는 말이 없네."

"힘든 건 나도 마찬가지거든. 으음. 일단 한 번 더 상태를 체크하고 준비를 마치도록 하죠."

친구 사이로 보이던 두 명의 고개가 돌아갔다.

한 명은 박상태라고 소개한 전사였고 나머지 한 명은 파티의 리더를 맡고 있는 탱커 최우혁이었다.

원래 현대에서부터 친했던 두 사람은 하멜로 동시에 소환됐다고 한다.

그런 그들과 고정 파티를 맺게 된 것도 무척 우연이라고 볼수 있었다.

'연속으로 던전에서 만날 줄은 꿈에도 몰랐으니까. 그래도일단 기본적인 합이 맞아서 오히려 편해. 가끔 채은 언니가 덜렁거릴 때도 있지만 조합상 무난하다고 볼 수 있어.'

현재 하나는 용찬이 전해준 정보를 통해 휴먼 메트로 미션에 온 상태였다.

우혁과 상태에겐 비밀로 하고 있었지만, 옆에서 꾸벅꾸벅 졸고 있는 채은과는 그날 이후로 함께 다니며 서로 비밀을 공유하고 있었다.

"하아. 언니 그만 일어나요."

"히엑!"

"좋아. 채은 씨도 깨신 것 같고, 슬슬 일어나도록 하죠."

마침 열차가 멈춰 서기 시작했다.

우혁과 상태는 혹시 모를 상황에 대비해 비장한 표정으로 서 있었지만, 맞은편에 있던 하나는 오히려 속으로 내심 안도하고 있었다.

'열차가 충돌하지 않으면 그 진영은 편하게 환승역을 통과할 수 있다고 했어. 게다가 역 이름도 리버스 역이야. 우선 숨겨진 아이템들부터 챙기고 그다음 따로 부탁한 것을 확인해 봐야겠어.'

하나는 비몽사몽한 채은을 챙겨 함께 역을 돌아다녔다.

한 번 클리어된 이후로 중간 부근까진 공략법이 퍼진 것인지, 수많은 플레이어가 모여든 상태였다. 하지만 그들은 분주히 환승 열차를 타기 위해 뛰어가고 있었다.

그래서 하나는 편하게 아이템을 찾을 수 있었고, 파티원들 앞에서 우연히 발견한 척을 하며 의심을 모면해 나갔다.

"어라. 이쪽에 길이 하나 더 있는 것 같아요."

"오, 진짜네요. 채은 씨가 이런 것은 잘 찾는단 말이지."

눈길을 돌리는 것은 채은의 몫.

미리 지시한 대로 정확히 행동해 주고 있었다.

일행은 숨겨진 길을 찾아 곧 승강기를 발견해 냈다.

"아직도 작동하는 것 같아."

"보아하니 승강장으로 올라가는 지름길인 것 같네. 채은 씨

덕분에 편하게 가겠는데?"

"헤헤헤. 감사해요."

둘은 쑥스러워하는 채은을 보며 흐뭇하게 웃어 보였지만, 이 상황이 계획된 것이라는 것은 알지 못했다.

일행은 곧바로 승강기를 통해 위층으로 올라갔고, 문이 열리자마자 앞에 쌓인 시체들을 보게 됐다.

"윽. 이건 좀 심하다. 여기서 몇 명이나 죽은 거야."

"듣기로 미션은 도전할 때마다 부서진 구조물이나 장치 같은 것은 초기화된다고 하던데, 시체는 아닌 모양이야."

우혁의 말대로인지 일부 시체는 아직 부패도 되지 않은 상태였다. 비위가 안 좋은 채은은 급히 고개를 돌렸고, 하나는 인상을 찌푸리면서도 시체들을 쭉 살폈다.

'혹시 리버스 역에 도착하게 되면 위층 승강기 근처를 확인해 주시기 바랍니다. 만약 이런 시체가 있다면……'

그가 이런 부탁을 한 이유는 알지 못했다. 그저 원하는 정보 및 소식을 제공해 주고 성장을 위한 정보를 받을 뿐.

아직까지 정확한 정체도 알지 못했지만 하멜에서 살아남기 위해선 그의 도움이 꼭 필요했다.

'그런 시체는 보이지 않아. 일단 이대로 전해주면 되겠지?'

하나는 몰래 메신저 창을 켜 메시지를 보냈다.

그리고 자연스레 일행과 합류해 환승 열차에 올라탔다.

"……."

모두가 떠나자 다시 고요해진 리버스 역 승강장. 휑하니 놓인 시체들만 남아 있던 그곳에서 조금씩 바닥으로 줄기가 자라났다.

뿌드득! 뿌드득!

하나가 끝까지 발견하지 못했던 시체. 그것도 가장 밑에 깔려 있던 시체 세 구의 몸 위로 서서히 백색 꽃이 피어나고 있었다.

그 시각, 마계의 70위대 평가전은 갑작스레 등장한 언노운의 용병으로 인해 한창 열기가 뜨거워지고 있었다.

"호오. 계속 마법으로 기척을 숨기고 있기에 나름 호기심이 갔는데, 실제로 싸우는 것을 보니 더욱 궁금해지는군요."

"음. 중급 마족쯤은 되어 보이는군. D급에서도 상위권이겠어. 저 정도 수준이면 충분히 60위대 마왕들의 밑으로도 들어갈 수 있을 텐데 왜 언노운에?"

"그러게요. 저 정도 마력이면 C급도 금방일 텐데 말이죠."

경기를 구경하던 가주들은 흥미롭게 그 모습을 지켜봤다.

일부는 언노운의 용병이란 것 때문에 란드로스 가주를 쳐다봤지만, 그도 몰랐던 사실인지 복잡한 표정이었다.

-아아, 대단합니다. 단숨에 쿨단까지 전투 불능 상태로 만들며 역으로 2승을 따낸 상황입니다. 이제 바쿤으로선 궁지에 몰린 입장이겠군요. 과연 헨드릭 프로이스는 어떤 패를 꺼내 들 것인가?

벌써 바쿤의 용병과 병사가 당해 점수가 역전됐다.

관중들도 더 이상 바쿤에게 기대를 걸지 않는 분위기였다.

"이제 네놈밖에 안 남았군. 올라와라. 헨드릭 프로이스."

마침 마무리를 장식하기 위해 붕대 마족이 헨드릭을 지목했다.

아무리 서열 70위대라고 해도 일단은 마왕. 펠드릭은 자신의 아들이 대놓고 지목당하자 심기가 불편해졌다.

그사이, 헨드릭은 천천히 중앙 경기장으로 걸어가며 장비를 장착했다.

콰앙!

한순간에 뒤바뀐 입장.

어느새 헨드릭은 사나운 기세로 붕대 마족의 머리를 쥔 채 바닥에 짓누르고 있었다.

"방금 순간적으로 헨드릭 프로이스의 몸이 빨라지지 않았나요?"

"그것뿐만 아니야. 기세도 단숨에 변했어. 아직 권능이나 마력은 발현 못 하는 것 같은데 이상하군. 아니, 그것보단……."

실비아 옆에 있던 가주가 유심히 붕대 마족을 쳐다봤다.

무언가 익숙해 보이는 듯한 느낌. 하지만 확실하게 짚어내지 못한 것인지 이내 고개를 저었다.

"왜 그러시죠?"

"음. 아무것도 아닐세."

실비아가 고개를 갸웃거리는 사이, 관중들은 입을 떡 벌리며 경악을 내질렀다.

그리고 마침 붕대 마족이 헨드릭의 손에서 벗어나며 본격적으로 대결이 진행되려 했다.

[모래 폭풍이 발동됩니다.]

원형 경기장으로 거친 돌풍이 불어왔다.

예상대로 상당한 마력을 다루는 마법사였다.

"마력도 못 다루는 최하급 마족 놈 따위가!"

자신이 무시했던 마왕의 손에 깔린 것이 분했던 것인지 붕대 마족이 성을 내며 모래를 이리저리 제어했다.

실체가 없다 보니 직접적으로 타격은 들어가지 않았지만, 용찬은 능숙히 대쉬를 통해 피해내며 시선을 분산시켰다.

놈은 이전과 동일하게 공중으로 뜬 상태.

'우선 떨어트려야겠군.'

판단을 마친 즉시 파쇄를 사용해 바닥을 내리찍었다.

사방으로 튀어 오르는 파편.

[레오스 팔찌의 효과가 발동됩니다.]

[마력 실드 사용 횟수 1/1]

왼손에 착용하고 있던 팔찌가 빛을 발했다.

평가전이 시작되기 전, 더 페이서 상단에게 부탁한 매직급 장비다. 일시적으로 마법 저항력을 높여주는 스킬을 가지고 있었고, 용찬은 마력 실드를 방패 삼아 파편들을 박차고 뛰어올랐다. 그리고 균형을 잡기도 전에 붕권을 시전하며 놈에게로 접근했다.

"큭. 이 자식!"

"위에서 설치지 말고 당장 내려와라."

아슬아슬하게 손끝으로 잡히는 흑색 로브의 옷깃. 애써 저항하고 있었지만 무투가 앞에서 마법사는 절대 벗어날 수 없었다.

용찬은 그대로 놈을 바닥으로 집어 던지며 자신도 같이 공중에서 추락했다.

쿠우우웅!

일순 모래바람이 멎어 든다.

놈은 간신히 모래를 발판 삼아 피해 없이 착지했다.

반대로 용찬은 볼썽사납게 바닥을 구르다 이내 일어났지만 애초에 시선 따위 신경 쓰지도 않았다.

오히려 고통을 감수하면서 목에 두른 머플러를 쥐었다.

[투명화가 발동됩니다.]

[제한 횟수 1/2]

감쪽같이 사라진 신형.

붕대 마족은 이전 롱 담 때의 기억을 떠올리며 마력으로 된 팔을 만들어냈다.

"그래, 그때와 같은 수법이군. 하지만 이번에는 통하지 않……."

"웃기지 마라."

"뭣!"

뒤로 들려오는 목소리에 고개를 돌렸지만 소용없었다.

이미 시퍼런 뇌격이 놈의 몸에 파고들고 있었다.

콰앙!

인공적인 필드로 낙뢰가 내리친다.

붕대 마족은 급히 마력으로 된 푸른 팔로 막아낸 듯싶었지만 뒤따라오는 감전 상태는 피하지 못했다.

"크윽. 마, 말도 안 되는!"

기겁하는 표정. 이전에는 직접적으로 뇌격에 닿지 않았으니 그럴 만도 했다.

천천히. 점점 흐름에 맞춰 빠르게.

콰앙!

템포에 맞춰 좌우로 몸을 흔들며 주먹을 내지른다.

콰앙!

이미 기세는 자신에게로 넘어와 있었다.

용찬은 숨도 쉬지 않고 끊임없이 몰아붙였다.

"크아아아! 죽여 버리겠어. 죽여 버릴…… 크억!"

"소리칠 시간에 막기나 해라."

적절히 안면을 강타하는 무릎.

용찬은 광폭하게 붕대 마족의 로브를 붙잡고 그대로 바닥에 내팽개쳤다. 그리고 놈이 고통에 몸부림치는 순간, 품속에서 무언가를 꺼내 들었다.

[차지 어택이 발동됩니다.]

[E급 마력석을 파괴했습니다.]

[마력 일부가 스킬에 깃듭니다.]

서서히 주먹으로 기력과 마력이 모여든다.

자세를 고쳐 잡던 붕대 마족은 바닥으로 뿌려진 가루를 보며 경악했다.

"설마 마력석으로?"

"그렇게도 마력이 중요하다면 나도 사용해 주마."

한때 업적 보상으로 얻었던 E급 마력석. 쓸 곳이 없어 묵혀 두고 있었지만, 차지 어택을 얻으면서 용도가 생겨났다.

그것은 다름 아닌 마력석을 깨트러 인위적으로 스킬에 마력을 깃들게 하는 것. 이로써 기력만 모여들던 차지 어택에 마력도 더할 수 있었다.

"제기랄!"

붕대 마족은 뒤늦게 모래벽을 세워 막으려 했다.

그 순간, 용찬의 품에서 추가적으로 E급 마력석들이 튀어나왔다.

굳어지는 놈의 얼굴을 보며 외쳤다.

"그 잘난 마력, 어디 네 몸으로 한번 견뎌봐라."

"아, 안 돼!"

"이미 늦었다."

단숨에 으깨져 흩날리는 마력석 가루들과 함께 마치 블랙홀에 빨려 들어가듯 오른손으로 마력이 모여들었다.

파지지직!

때맞춰 뇌격까지 차지 어택에 깃들었다. 우연히 벌어진 현상이었지만 신경 쓰지 않고 그대로 주먹을 내질렀다.

콰아아앙!

원형 경기장을 덮치는 푸른빛 섬광. 관중석에 있던 마족들까지 눈을 가리는 가운데, 뿌연 연기가 사방으로 퍼졌다.

잠시 후 폭연이 걷히며 두 마족의 인영이 드러났다.

만신창이가 된 채 주저앉아 있는 언노운의 용병, 그리고 당당히 선 채로 붕대 마족을 노려보고 있는 바쿤의 마왕.

"괴, 굉장해. 마력 운용만 해도 중급 마족은 돼 보이는 용병을 저렇게!"

"저게 망나니였던 헨드릭 프로이스라고?"

"잠깐만. 아까 쓴 마력석은 사용이 불가능한 거 아냐?"

관중들이 놀라는 가운데 일부가 의의를 제기했다.

하지만 중간에서 대결을 지켜보던 램버스는 재깍 고개를 저었다.

-일단 헨드릭 프로이스는 마력 자체를 다루지 못합니다. 차지 어택 스킬 같은 경우 기본적으로 기력과 마력을 동시에 소모하기 때문에, 본래 있어야 할 마력을 마력석을 통해 빌려 온 것이기도 합니다. 단, 연달아 마력석을 사용한 것은 위력 증폭이라고 볼 수 있기에 경고를 한 번 드리도록 하겠습니다.

이런 상황 자체가 처음인 것인지 바쿤 측에게 경고를 한 번

주는 것으로 경기는 재개됐다.

그렇게 대결이 속행되자 푸른 팔로 몸을 감싸고 있던 붕대 마족이 자리에서 일어났다.

"크으윽. 최하급 마족 주제에. 고작 72위 따위가!"

"꼴이 말이 아니군. 게다가 네 녀석……."

차지 어택으로 인해 벗겨진 로브와 붕대들.

아찔할 정도로 뽀얀 살결이 드러난 가운데 긴 금발이 바람에 휘날렸다.

"여자였나?"

"입 닥쳐! 죽여 버릴 테다!"

인상착의가 드러났지만 격분한 그녀는 신경 쓰지 않고 재차 달려들었다.

용찬 또한 여자라고 봐주거나 하지 않는 성격.

무모하게 달려드는 마족을 보며 카운터를 발동했다.

"큭!"

거대한 푸른 팔이 반대로 꺾인다.

그다음은 붕권이 복부에 정확히 꽂히며 신형이 뒤로 밀려났지만, 아직 끝이 아니었다.

용찬은 반쯤 찢어진 로브를 붙잡고 무자비하게 안면을 가격했다.

"무투가에게 근접전으로 덤벼든 것을 후회하게 해주마."

"아, 아직 멀었어!"

뒤척거리던 그녀가 갑작스레 손을 뻗었다.

[청광이 발동됩니다.]

기습적으로 쏘아진 푸른 빛줄기.

이전 룡 담에서 사용했던 마법이었다.

하지만 용찬은 재빨리 마지막 남은 투명화를 발동시켜 청광을 피해냈다.

"아직도 정신을 못 차렸군."

"크윽. 인정 못 해. 인정할 수 없어!"

"네가 인정하고 자시고 할 게 아니야."

거의 발악하듯 몸부림치는 마족에게로 붕권이 향했다.

"이게 현실일 뿐."

"절대 그렇지 않아!"

"음!"

그 순간 불현듯 기세가 달라지기 시작했다.

마무리 공격을 가하려던 용찬은 무언가 낌새를 느끼고 재깍 뒤로 물러났다.

서서히 붕대 마족의 주위로 몰아치는 마력.

이전에는 느끼지 못했던 이질적인 기운이었다.

"난 절대 틀리지 않았어. 그것을 증명해 주마."

"······네 녀석."

순식간에 마력의 성질이 변화했다.

거대한 푸른 팔조차 붉게 물들고 있는 상황.

용찬은 침착히 거리를 벌렸지만 어느새 그녀는 좌측으로 파고들고 있었다.

파지직!

"크윽!"

재차 충돌한 두 명의 마족.

하지만 아까 전과 달리 붉은 팔의 위력은 상당했다.

붕대 마족은 용찬이 밀리기 시작하자 틈을 놓치지 않고 계속해서 몰아쳤다.

'이 자식, 마력을 기력으로 바꾼 건가.'

이런 현상은 스킬과 특성으로는 설명이 불가능했다.

콰앙! 쾅!

기력을 통해 육체적인 능력치까지 강화시킨 것일까.

눈으로 좇지 못할 정도로 점차 움직임이 빨라지고 있었다.

[카운터가 발동됩니다.]

[압도가 발동됩니다.]

'이런!'

정면으로 파고들던 붉은 팔이 보라색으로 물들었다.

도저히 카운터로도 벗어나지 못할 위력에 결국 용찬은 공격을 허용당하며 뒤로 날아가고 있었다.

콰아아앙!

필드 전체가 충격으로 요동쳤다.

반전에 이어 또 다른 반전을 일으킨 경기 상황.

관중들은 용병의 정체가 여자란 것에 놀랐고, 숨겨둔 힘을 개방한 것에 또 한 번 놀라게 됐다.

하지만 가주들은 그것과는 별개로 다른 사실을 눈치채며 누군가를 쳐다봤다.

"저 능력은 분명 성질 변화의 권능일 텐데."

"도대체 이게 어찌 된 일이오, 가주?"

"가문의 권능을 물려받은 용병이 나타날 줄이야."

일시적으로 마력을 기력으로 바꾸는 권능은 보통 마족들이 각성하는 능력과 달리 혈통을 통해 전해지는 능력이었다.

실비아 옆에 앉아 있던 가주, 아니, 정확히는 하이델 가문의 가주인 제이먼은 인상을 구기며 자리에서 일어났다.

"설명은 나중에 하도록 하겠네. 다만 이번 평가전은 중단시켜야 할 것 같군. 펠드릭."

"……지금 이 대결을 무승부 처리하자는 말인가?"

"미안하네. 사정이 좀 복잡해. 게다가 지금 저 상황이면 어차피 헨드릭 프로이스도 당해내질 못할 걸세. 차라리 더 큰 피해를 입기 전에 중단시키는 것이 어떤가."

확실히 권능을 발현 못 한 헨드릭으로선 더 이상 상대가 불가능했다.

지금도 일방적으로 공격을 허용당하고 있지 않은가.

하이델 가문 고유의 권능을 상대하기 위해선 동일하게 권능을 발현해야 했다.

하지만 펠드릭은 쉽사리 결정을 내리지 못했다.

이 평가전은 가문의 자존심이 걸린 무대이기도 했다.

"란드로스 가주, 자네 생각은 어떻지?"

"평가전의 결과야 아무런 상관이 없어. 오히려 나도 할 말이 없는 입장이니까 말이지. 하아, 어쩌자고 하이델 가문을 끌어들인 건지."

정황 상 언노운의 용병은 하이델 가문의 일원일 가능성이 컸다.

마왕이 아니라고는 하지만 란드로스 가문 측 입장도 난처해질 수밖에 없었다.

특히 제리엠이 저런 마족을 여태껏 숨긴 것까지 포함한다면 오히려 선택권은 프로이스 가문에게 있었다.

결국 가주들의 시선은 펠드릭에게로 모여 들었다.

"하아. 어쩔 텐가. 펠드……."

"무승부란 없네."

"뭐, 자네 지금 제정신인가?"

"보아하니 사정이 있는 것 같네만, 아무리 상대가 안 된다고 해도 무승부는 절대 시키지 않을 예정이야."

애초에 무리라고 생각했다면 헨드릭이 직접 기권을 요청했을 것이다. 하지만 아직 아들의 눈빛이 죽지 않고 맹렬히 불타고 있었다.

펠드릭은 제이먼의 시선을 무시한 채 계속해서 대결을 지켜보았다.

쿠웅!

또 한 번 강렬한 위력이 전해져왔다.

이미 체력적으로는 한계. 현 능력치와 스킬들을 생각해 볼 때 도저히 상대가 불가능했다.

"아까 전까지 기세등등하던 모습은 어디로 갔지?"

"큭!"

"네놈은 결국 권능도 발현 못 한 최하급 마족에 지나지 못해!"

간신히 공격을 피해냈지만 연달아 붉은 팔이 쇄도했다.

용찬은 버겁게 상체를 숙이며 바닥을 굴렀다.

'빌어먹을. 슬슬 기력도 한계인 건가.'

고작해야 마법사였던 붕대 마족이다.

등급 차이는 회귀 전 경험을 통해 메꿀 수 있었지만, 저런 능력까진 예상 불가였다.

서서히 기력도 고갈되는 가운데 대결은 매우 불리해지고 있었다.

[압도가 발동됩니다.]

차츰 흐릿해지는 시야 속에서 재차 공격이 파고들어 왔다.

용찬은 이를 악물고 빈틈을 노렸다.

하지만 보다 빨라진 속도를 미처 따라가지 못하고 이내 바닥에 처박혔다.

파지지직.

문득 플레이어 시절이 떠오른다.

그때 당시만 해도 이렇게 바닥과 얼굴을 마주한 적이 많았다. 하멜에 제대로 적응하지 못해 이리저리 고생도 했었다.

하지만.

'적어도 지금은 아니지.'

다시 기회를 붙잡았다.

파지직.

기껏해야 특별한 능력을 가진 마족 정도다.

파지지직!

복수의 대상은 훨씬 더 높은 곳에 있었다.

용찬은 다시 한번 자리에서 일어나 자세를 갖추었다.

남은 스킬 사용 횟수는 기껏해야 두 번 정도.

하지만 수십 차례 죽음의 고비를 넘어온 자신에게 이 정도 상황은 약과였다.

"약한 것은 죄다. 헨드릭 프로이스!"

기력을 충분히 끌어모은 그녀가 마무리를 하기 위해 재차 붉은 팔을 휘둘렀다.

이대로 또 한 번 공격을 허용한다면 무사하진 못할 터다.

하지만 용찬은 가만히 고개를 숙인 채 자리를 고수했다.

그리고.

쿠구구구구궁!

충격을 그대로 받아내며 힘겹게 붉은 팔을 막아냈다.

"지금까지 버틴 것은 칭찬해 주지. 하지만 이제 끝이다!"

"……동감이다. 약한 것은 죄지."

양팔에 붙잡힌 거대한 팔. 축 처져 있던 용찬의 고개가 들린 순간, 붙잡힌 팔 부분으로 파쇄가 작렬했다.

"크윽. 무슨!"

일순 그녀의 인상이 구겨졌지만 아직 끝이 아니었다.

[차지 어택이 발동됩니다.]

[E급 마력석을 파괴했습니다.]

[마력 일부가 스킬에 깃듭니다.]

"그리고 그것이 네 죄다."

기력과 마력이 왼손으로 모여든다.

마치 시간이 멈춘 듯 필드 전체가 고요해졌다.

파지지직!

주변으로 퍼지는 뇌격.

불현듯 익숙한 느낌이 온몸을 타고 전해져 왔다.

그리고 공허한 내부가 채워지는 순간, 변화가 일어나기 시작

했다.

[영혼이 성장했습니다.]

[영혼 결속의 등급이 D로 상승합니다.]

[모든 육체적인 능력치가 2 상승합니다.]

마침내 플레이어 자체 등급이 D로 성장했다. 더불어 영혼

결속의 특성까지 상승했지만, 아직 끝이 아니었다.

천천히 팔을 타고 흘러가던 뇌격이 온몸으로 퍼져 나갔다.

[뇌전의 권능을 터득했습니다.]

[특성과 스킬을 깨우쳤습니다.]

모든 변화가 끝났을 때, 더 이상 경기장에 최하급 마족은 없었다.

오직 권능을 각성한 바쿤의 마왕이 있을 뿐.

"이, 이건 말도 안 돼. 있을 수 없는…… 끄아악!"

파지지직!

붙잡힌 팔로 작렬하는 차지 어택.

강렬한 뇌전까지 실리자 위력은 더욱 증폭되어 있었다.

그녀는 예상치 못한 고통에 그대로 주저앉아 버렸다.

최상층에 있던 가주들은 필드 전체로 퍼지는 뇌전을 보며 당황했고, 제이먼 또한 마른침을 삼키며 용찬을 내려다봤다.

그리고 양팔을 낀 채 근엄하게 앉아 있던 펠드릭 또한 기겁하며 자리에서 일어났다.

'프로이스 가문 혈통의 권능이 아니라고?'

본래라면 자신을 이어받아 불의 권능을 발현해야 했다.

한데, 다른 속성력을 각성했다.

"웃기지 마. 기껏해야 이제 하급 마족. 권능을 각성했다고 쳐도 내 상대는 되지 못해!"

"……."

"죽어. 헨드릭 프로이스!"

거의 쓰러지기 일보 직전이던 마왕이다.

권능을 각성했다지만 이미 승자는 결정되어 있었다.

붕대 마족은 그렇게 믿으며 정면으로 달려들었다.

그 순간, 경기장 전체가 마력으로 요동치기 시작했다.

[라이트닝 볼텍스가 발동됩니다.]

서서히 용찬의 주위로 모여드는 뇌전. 줄곧 마력을 다루지 못했던 마왕이 어느새 마법 스킬을 시전하고 있었다.

그리고.

"넌 자격 미달이다."

시야가 점멸하며 경기장 전체로 천둥 벼락이 내리쳤다.

◀ 19장 ▶
바쿤의 행보

70위대 첫 번째 평가전이 마무리됐다.

결과는 3 대 2로 바쿤의 승리.

거의 끝나기 직전까지 언노운의 승리를 점치고 있던 마족들은 엄청난 반전에 경악을 내지르게 됐다.

한때 망나니라 불리던 서열 꼴지 마왕이 경기 도중 권능을 각성하며 상황을 역전시킨 것이다.

승리의 홀은 열광의 도가니가 되었고, 관중들은 자연스레 마왕 간의 대결을 기대했다.

하지만 마지막 대결을 앞두고 란드로스 가문과 하이델 가문이 동시에 나서며 평가전은 바쿤의 승리로 마무리되었다.

"언노운의 용병이 하이델 가문 소속이었다니. 어쩐지 갑자기 서열이 올라간다 했어.”

“결국 그 용병은 하이델 가주가 데려갔나 봐. 차후에 공식적으로 사실을 밝힌다고 하는데, 그래 봤자 마계 위원회의 심판은 못 피하지. 애초에 제리엠 란드로스도 다른 가문의 인원을 동원해 평가전을 치른 거니까.”

“그런 용병을 꺾은 헨드릭 프로이스도 대단해. 혹시 여태까지 힘을 숨기고 있었던 건 아닐까? 펠드릭 가주의 권능을 물려받지 못해 모두를 속이고 있었던 것일 수도 있잖아.”

헨드릭은 새로운 관심사로 등극했고, 일부는 언노운 용병의 정체를 궁금해하기도 했다.

그렇게 평가전은 첫날부터 여러 가지 화제를 몰고 오며 마계 전체를 들썩이게 하고 있었다.

헤임달에서의 두 번째 날이 밝았다.

평가전은 예정대로 2차전으로 넘어가게 됐고, 용찬은 남아 있던 신드라와 맞붙었다.

2차전의 종목은 단체전. 인공적으로 만들어진 필드에서 성채를 중심으로 적과 공성전을 벌이는 무대였다.

신드라의 마왕성 로템과는 병력부터 차이가 심했지만, 크게 문제는 없었다.

“뭐, 뭐야. 어떻게 하나같이 이렇게 전투에 익숙한 거야.”

양보단 질. 경험적인 측면에서 월등히 차이가 나던 바쿤은 수성을 택해 시작부터 전세를 기울게 만들었다.

"폐폐펭. 이런 필드에서 저런 놈들은 내 손바닥 위지."

먼저 디텍터인 위르겐이 시야를 확보하면서 교전 자체가 유리해졌고, 병사들은 불리한 전투 자체를 하지 않게 됐다.

또한 루시엔과 헥토르를 기동대 삼아 이리저리 진형을 흔들어놓으며 계속해서 적들의 체력을 소모시켰다.

피해를 보지 않고 득을 챙기는 지휘.

위르겐의 성격이 반영된 지시라고 볼 수 있었다.

[흡수력이 발동됩니다.]

일정 등급 이하 스킬 및 특성들을 빨아들여 방어력을 증대시키는 흡수력. 첫 번째 날의 한을 풀듯 쿨단은 새로운 특성을 발휘해 마음껏 선두에서 날뛰었다.

[)ㅅ(]

갑자기 이모티콘이 튀어나와 관중들을 놀라게 하기도 했지만, 대부분 장비의 효과라고 생각하는 분위기였다.

그렇게 수월한 공성이 이어지자 바쿤의 병사들은 예상대로 경험을 쌓으며 좋은 소식들을 전해왔다.

칸과 켄은 집념이란 특성을 통해 각각 새로운 스킬을, 헥토르는 마침내 종족에 걸맞게 흡혈 스킬을 터득한 것이다.

[난리법석이 발동됩니다.]
[일점 타격이 발동됩니다.]

칸의 난리법석은 근처를 뛰어다니며 적들에게 혼란을 거는 효과였고, 켄의 일점 타격은 정확히 한 부위만 집중적으로 노리는 효과였다.

마침 두 명이 놀과 코볼트들을 데리고 중앙 계단에서 교전을 벌이기 시작하자, 양쪽에서 궁수병들과 함께 헥토르와 루시엔이 나타났다.

"웃싸. 여기도 먹잇감이 많네!"

"야, 너 또 그 스킬 사용하려고 그러는 거지?"

"에이. 오늘은 적당히 먹을게요."

"그리 신나게 빨아 먹으면서 여태까진 어떻게 버틴 거래."

이미 수차례 흡혈 스킬을 사용한 헥토르가 시뻘건 이를 드러냈다.

순진한 소년의 생김새와는 어울리지 않는 모습이었다.

결국 루시엔은 먼저 아래로 떨어져 칸과 켄을 돕기 시작했고, 이내 헥토르도 화살을 쏘며 지원에 나섰다.

그리고 뒤늦게 신드라와 용병이 나타날 때쯤.

콰콰콰쾅!

"어라. 마왕님, 벌써 오셨어요?"

"확실히 대단하긴 해. 벌써 외곽을 정리하고 오다니."

맞은편에서부터 바쿤의 마왕이 모습을 드러냈다.

[카리스마가 발동됩니다.]

순식간에 성 내부로 드러나는 기세.

"마무리에 들어간다."

사방으로 뇌전이 퍼져 나가며 사형 선고가 내려졌다.

순식간에 사기가 높아진 병사들이 함성을 내지르며 밀어붙이기 시작했다.

"이대로는 지겠어. 파이톤, 저 녀석들부터 제거해!"

"케엑. 알겠습니다!"

E급 네임드 용병 코볼트, 암살자 파이톤은 즉시 헥토르의 배후를 노렸다.

하지만 헥토르는 사냥꾼의 몸놀림으로 이전에 배운 넉백 스킬을 통해 놈을 밀어냈다. 그리고 역으로 달려들어 활을 휘두르자 파이톤이 당황하기 시작했다.

"헤헤. 이건 몰랐지?"

"야, 장난 작작 치고 얼른 화살이나 쏴!"

"칫. 안 그래도 쏘려고 했거든요!"

오히려 루시엔과 헥토르가 동시에 파이톤을 노리기 시작하자 아무리 암살자라지만 민첩이 높은 둘을 상대하기엔 무리가 있었다.

그 모습에 뒤에 있던 신드라가 바람의 권능을 발동하며 파이톤을 도우려 했다.

그 순간, 신드라의 눈앞으로 용찬이 불쑥 튀어나왔다.

"네 상대는 나다."

"으윽, 좀 봐주면 안 될까?"

"불가다."

"……하아. 됐어. 기권할래."

애초에 70위의 언노운을 꺾은 바쿤이었다. 자신보다 강한 용병을 이긴 용찬인데, 그가 직접 나서게 되면 더 이상 가망도 없었다.

로템이 기권하면서 바쿤은 70위대 최종 우승자가 되었다.

"세상에. 설마설마했는데 정말로 우승하실 줄이야."

70위대 모든 평가전이 끝난 직후, 제일 먼저 메리가 대기실로 찾아왔다.

　병사들은 당연히 불만 가득한 표정으로 쳐다봤고, 용찬 또한 그리 마음에 들지 않는 눈치로 그녀를 맞이했다.

　"분명 가이드는 필요 없다고 했을 텐데. 왜 찾아왔지?"

　"……제가 실수한 것 같아서 이렇게 사과드리러 찾아왔어요. 바쿤과 마왕님을 얕잡아 봐서 정말 죄송해요."

　그저 정신을 차린 마왕 정도인 줄 알았다. 실제로 유력한 우승 후보이던 제리엠도 있었고, 바쿤은 금방 탈락할 것만 같았다.

　한데 언노운의 용병을 상대로 인상 깊은 대결을 남겼고 직후 로템까지 잡으며 우승을 거머쥐었다.

　메리로선 실수한 것이다.

　용찬은 고개를 푹 숙인 그녀를 보며 웃음을 흘렸다.

　'역시 이놈들은 인간보다 더 인간 같은 놈들이야.'

　평가전 자체 분위기도 그랬지만 돌연 바뀐 메리의 태도를 보며 더더욱 그런 생각이 들었다.

　보라. 자신들을 대놓고 얕잡아 보던 그녀가 지금은 이렇게 머리를 숙이고 있지 않은가.

　플레이어뿐만 아니라 마족도 결국은 강자만 살아남는다.

　용찬은 잠시 고민하다 이내 마계 위원회 측을 생각해 순순히 사과를 받아들였다.

"아앗! 역시 헨드릭 마왕님은 절 용서해 주실 줄 알았어요. 마왕님 정도면 금방 60위대로 진입하실 거예요!"

"그딴 아부는 필요 없으니 다음 일정이나 얘기해 봐라."

"일단 70위대 평가전이 가장 먼저 끝났으니 헨드릭 마왕님부터 시상식을 하시게 될 거예요. 따로 보상만 지급받으실……."

"따로 보상만 지급받아야겠군. 우린 이만 돌아가겠다."

관중들 앞에서 연설이나 들을 정도로 한가하지 않았다.

용찬은 당황한 메리를 놔두고 병사들과 함께 승리의 홀을 벗어났다. 거리 곳곳에 있던 마족들의 시선이 주목되는 것이 느껴졌지만 가볍게 무시했다.

하지만 상점가 근처에서 대기하고 있던 누군가로 인해 곧 발걸음은 멈추게 됐다.

"어딜 그리 급하게 가는 것이냐, 헨드릭."

"……무슨 용건이라도 있으신 겁니까. 프로이스 가주님."

느긋이 차를 마시고 있는 펠드릭 프로이스.

주변에 서 있는 경비병들로 보아 미리 대기하고 있던 것 같았다.

"끝까지 나를 가주라고만 부르는구나. 뭐, 그건 됐다. 아무튼 평가전에서 우승한 것을 축하한다. 이제야 프로이스 가문의 위신이 좀 사는구나."

"겨우 70위대 평가전이었을 뿐입니다."

"쯧. 그래도 넌 이제 60위대로 도전할 자격을 얻은 게다. 그리고 이번 일을 통해 가문의 지원도 한 단계 더 높아지겠지. 방금 통신이 왔다. 가문의 원로분들께서 직접 널 보고 싶다는구나."

"권능 때문입니까?"

보통 후계자들은 혈통대로 가주의 권능을 이어받는다.

물론 일부 후계자는 아예 자신만의 권능을 각성하기도 하지만 대체적으로는 그렇다.

현재 서자인 질시언은 예언의 마안을 각성한 상태.

남은 것은 정식 후계자인 헨드릭뿐이었지만, 이미 다른 권능을 발현한 것이 마계 전체에 드러난 상태였다.

펠드릭은 자못 심각한 표정으로 고개를 끄덕였다.

"아마 불의 권능을 이어받지 않아 걱정이 되는 것일 테지. 뇌전의 권능 같은 것을 여태껏 본 적이 없으니까."

"죄송합니다만. 다음에 들르도록 하겠습니다. 지금은 급한 일정 때문에 시간이 촉박합니다."

"……음. 그러면 어쩔 수 없겠지. 우선 원로분들께는 내가 따로 설명해 두마."

그렇게 이야기가 일단락되자 곁에 있던 콜렌이 주문서를 꺼내 건넸다.

용찬이 손에 쥔 익숙한 주문서를 보며 의문을 보이자.

"받아라. 단체 귀환 주문서다. 지금 넌 마왕이니 바쿤으로 돌아갈 테지."

"주는 것이니 감사히 받겠습니다."

"음음, 그래야지. 그리고 차후에 따로 란드로스 가문과 하이델 가문이 바쿤으로 찾아갈 게다. 기억하고 있거라."

아무래도 제리엠과 붕대 마족 관련 일인 듯했다.

확실히 권능을 가진 하이델 가문의 인원이 용병으로 나왔으니 어떻게든 사건을 덮으려고 할 것이다.

할 말을 마친 펠드릭은 그대로 자리를 떠났고, 용찬은 즉시 귀환 주문서를 찢어 바쿤으로 귀환했다.

"평가전 우승을 진심으로 축하드립니다, 마왕님."

마왕성으로 돌아오자마자 병사들을 맞이한 것은 집사 그레고리였다.

미리 식사까지 준비해 둔 것인지 곧장 테이블로 안내했다. 용찬은 멀찍이 떨어져 눈치를 보고 있는 잭을 보다 이내 방으로 먼저 올라갔다.

방 안으로 들어설 때쯤, 눈앞으로 메시지가 나타났다.

[마왕성 플레이어 기능이 새로 업데이트됐습니다.]

못 보던 아이콘 두 개가 둥둥 떠다닌다.

소환 기능에 이어 새롭게 등장한 기능들이었다.

[부대 설정]
[심리 파악]

부대 설정은 말 그대로 일부 병사들을 모아서 부대 단위로 설정하는 시스템.

그리고 심리 파악은 병사 및 용병들의 의중이나 생각을 좀 더 세부적으로 파악하는 시스템이었다.

[루시엔:역시 헨드릭 프로이스를 계속 따라야 해. 그래야 내 복수를 이룰 수 있어!]

[상태:의지, 확신]

[호감도:42%]

[충성심:51%]

'이런 거였나. 도대체 기능 업데이트는 어떨 때마다 생겨나는 거지?'

갈수록 제멋대로인 마왕성 플레이어 시스템이었다.

용찬은 대충 다른 병사들까지 살펴본 다음 심리 파악 창을 껐다.

[플레이어 명:고용찬]

[등급:D]

[종족:마족]

[직업:무투가]

[특성:4]

[스킬:8]

[칭호:바쿤의 마왕]

[권능:뇌전]

[힘:17][내구:12][민첩:17][체력:15]

[마력:20][신성력:0][행운:10][친화력:25]

권능을 각성한 이후 정보창에도 여러 변화가 생겼다.

대체적으로 신성력을 제외한 모든 능력치가 증가했지만 특히 마력과 친화력이 대폭 올라갔다.

'차지 어택에 뇌격이 스머들 때만 해도 단순히 우연으로 치부했는데, 장비를 통해 권능을 각성하게 될 줄이야.'

지금도 전신으로 뇌전이 스멀스멀 올라왔다.

따로 세세한 컨트롤이 필요해 보였지만 권능으로 인해 얻은 것도 많았다.

첫 번째로 뇌전을 통해 마력을 다룰 수 있게 됐고, 두 번째로 영혼 결속과 플레이어 등급이 동시에 상승했다.

그리고 세 번째로.

[라이트닝 볼텍스(D급)]
[뇌전의 갑옷(D급)]
[마력 방출(E급)]
[뇌전의 기운(C급)]

'새로운 스킬 세 개. 그리고 특성 하나. 스킬 북과 특성 북도
아니고 권능 각성으로 얻은 것들이야.'

일단은 마왕성 플레이어였지만 대부분 플레이어 시스템을
따르고 있던 자신이다. 한데 NPC 고유의 시스템을 따라 스킬
과 특성을 획득했다.

잘하면 NPC 시스템도 적용될 수 있는 일이었다.

'이건 차근차근 알아봐야겠어. 만약 NPC처럼 훈련과 경험
을 통해 스킬과 특성을 자연 습득할 수 있다면 유태현 그놈보
다 앞설 수도 있을 거야.'

물론 권능으로 인해 놈을 앞서고 있을지 모르지만 아직 장
비, 스킬, 특성 등등 여러모로 부족한 점이 많았다.

용찬은 뇌격 효과가 사라진 제단장의 장갑을 매만지며 자리
에서 일어났다.

똑똑!

그레고리가 문을 열고 들어왔다.

"마왕님, 마계 위원회에서 우승 보상을 보냈습니다."

"마침 잘됐어. 보상 중 60위대 도전권도 포함됐겠지?"

"예. 통신구도 따로 보낸 것을 보아 답변에 따라 위원이 이리로 올 것 같습니다. 어떻게 하시겠습니까, 마왕님."

이미 평가전이란 발판을 통해 기회는 주어졌다.

병사들 또한 대부분 D급으로 상승한 상태.

수행 과제를 통해 마왕성 등급도 D급으로 올려야 하니, 이번 기회를 통해 서열을 단숨에 올려놓을 생각이었다.

용찬은 알고 있는 히든 피스들을 떠올리며 입을 열었다.

"고민할 것도 없지. 서열전 속행이다."

예로부터 마계 위원회는 이중적인 방식을 취해왔다.

공정성을 위해 서열별로 인원을 나누었고, 본능에 의해 무한대적인 전투 구도를 만들었다.

경쟁의식 속에서 해소되는 전투 욕구.

오직 강자만을 위해 거부 없는 서열전을 계획한 것이다.

물론 한 번 맞붙었던 상대는 일정 기간 이후에야 다시 선전포고할 수 있었고, 선전포고를 받게 되더라도 승자는 한 번 거부할 수 있는 권한이 있었다.

그렇게 각 서열대 속에서 치고받는 구도가 이어졌지만 예외는 존재했다.

매년 성적을 통해 한 장씩 지급되는 서열전 거부권.

그리고.

"크하하하. 멍청한 놈. 평가전에서 얻은 60위대 도전권으로 날 선택 하다니. 죽고 싶어 환장한 모양이군!"

"음. 베드로 님. 소문에 의하면 헨드릭 프로이스가 권능을 각성했다고 합니다."

"가소롭구나. 원래부터 가지고 있어야 할 권능을 이렇게나 늦게 얻다니!"

65위 마왕 베드로 아나킴. 트라이얼 마왕성을 운영하고 있는 하급 마족이자 헨드릭이 지목한 상대였다.

그는 예상치 못한 바쿤의 선전포고에도 전혀 두려워하지 않았다. 오히려 평가전에서 패배한 분을 풀 상대가 생겨 매우 즐거워하고 있었다.

한데, 집사 구번의 보고가 갈수록 심상치 않아졌다.

"그리고 언노운을 이긴 것으로 모자라 하이델 가문의 중급 마족을 한 명 이겼다고 합니다."

"……크흠흠. 그 정도까지야 뭐."

"권능을 가지고 있던 D급 네임드 용병이었다고 합니다."

"……."

마왕들 대부분 70위대 서열전 정보를 소문으로만 접하는 상황이었다.

베드로 또한 직접 경기를 챙겨 보지 않았다.

바쿤과 트라이얼은 예정대로 서열전을 치르게 되었고 마족들의 관심 속에서 단 2일 만에 결판이 났다.

"이런 한심한 놈이 65위에 안착하고 있을 줄이야. 말도 안 나오는군."

"내, 내 권능을 모조리 파악하고 있다니."

"무슨 소리냐. 애초에 네놈은 관심도 없었다."

"크읍, 너무해!"

결과는 바쿤의 승리.

헨드릭은 가히 일인군단이라 할 정도로 강했고, 오만하던 베드로를 단숨에 격파하며 트라이얼을 무참히 무너트렸다.

바쿤은 순식간에 65위로 급부상했고 그 소식은 미첼을 통해 마계 전체로 전해졌다.

"그것 보라고. 내가 뭐라 했어. 달라졌다고 했잖아!"

"74위였던 마왕이 몇 달 만에 65위가 되다니. 이런 사건은 마계 전체를 통틀어 처음 있는 일이야."

"아직 몰라. 권능을 각성했다고는 하지만 금방 다음 서열 마왕들에게 패배할 거라고."

프로이스 가문에 속한 도시들은 대부분 환호하고 일부는 부정적인 반응을 보였다.

하지만 바쿤의 행보는 거기서 끝이 아니었다.

"65위 다음은 63위다."

미리 서열전 중이던 마왕들을 제외하고 연달아 63위에게 선전포고를 신청한 것이다.

처음엔 그저 헨드릭의 위용만 드러났지만 갈수록 병사들의 성장 또한 이루어지며 바쿤 자체의 입지가 커졌다.

그렇게 63위 마왕성 레미언, 62위 제노악스까지 계속해서 승승장구하자 결국 마계 위원회까지 움직이게 됐다.

"이게 갑자기 무슨 일이야. 겨우 한 달 만에 서열을 10위씩이나 올리다니!"

"헨드릭 프로이스에 대한 정보를 모아 와. 한낱 망나니이던 놈이 갑자기 이렇게 강해질 리 없다고."

"다크 엘프 루시엔, 스켈레톤 쿨단, 뱀파이어 헥토르, 제피르 왕족 위르겐까지. 여태껏 그리 알려진 놈들도 아니었는데 갑자기 존재감을 드러내고 있어."

마계 전체가 파란으로 요동쳤다.

예상치 못한 반전에 충격을 받으면서도 새로운 강자의 출현에 달가워하는 마족들. 비교적 지루했던 서열전 구도가 단 한 명의 마왕으로 인해 시시각각 변화를 맞이하고 있었다.

그리고.

"크윽. 말도 안 돼. 나한테 빌빌거리던 망나니 놈이 신규 강자로 인정받고 있는 꼴이라니. 그때 목검만 아니었다면!"

"진정하렴. 지금은 주제를 모르고 날뛰고 있지만 결국은 바닥으로 떨어질 운명이야. 차분히 때를 기다리자꾸나. 이미 손을 써놓았으니 조만간 응답이 올 게다."

모종의 계획을 품는 자들과.

"겨우 62위? 아버지, 너무 지나친 걱정이십니다. 그깟 버러지같은 놈이 저희 가문을 어찌할 수 있겠습니까?"

"으드득. 그놈은 나를 대놓고 무시했어. 게다가 펠드릭 프로이스의 아들놈이야. 숙적 프로이스 가문이란 것을 알지 말 거라. 반드시 두 놈 모두 나락으로 떨어트려야 해!"

깊은 원한을 품에 새기는 자들까지.

베일에 가려진 마계의 음지 속에서도 무언가 변화가 일어나려 했다.

[근처 필드의 몬스터들이 마왕성으로 침입했습니다.]

최근 들어 급격히 늘어난 필드 몬스터들은 수행 과제의 영향인지 자주 바쿤으로 침입해 왔다.

숫자는 얼추 30여 마리. 절망의 대지에서 흔히 볼 수 있는 E급 거대 전갈들이었다.

갓 회귀한 시절이었다면 막기는커녕 버티기에 급급했겠지만 지금은 아니었다.

"루시엔, 놈들을 우측 복도로 유인해라."

-지금 가고 있어요!

이미 마왕성의 규모는 7층까지 늘어난 상태.

고작 E급 몬스터들을 상대로 힘을 뺄 필요는 없었다.

루시엔이 오른쪽 복도로 놈들을 유인하기 시작했다.

[환영 계단이 발동됩니다.]

계단길이 세 개로 나뉘었다.

지능이 낮은 전갈들은 즉시 흩어져 올라가기 시작했지만, 하나를 제외한 나머지는 전부 환영이었다.

용찬은 첫 번째 부대를 불렀다.

"불한당. 지금 당장 3층 오른쪽 복도로 가서 환영에 걸린 전갈들을 처리해라."

-키에에엑!

-키엑. 키엑!

베텔에서 넘어온 신규 병사들을 시작으로 한 기존에 있던 근접형 병사들. 그리고 그들을 이끄는 칸과 켄까지.

이리저리 몰려다니는 모습이 사뭇 건달 패거리 같아 불한당이라고 부르는 상태였다.

[일점 타격이 발동됩니다.]
[난리법석이 발동됩니다.]
[경쾌한 구타가 발동됩니다.]

전사, 검사 등 근접전 전문 병사들이 몰려들자 금세 단단하던 껍질이 부서지기 시작했다.

그렇게 환영 계단에 걸린 전갈들이 마무리되자, 남은 것은 절반가량의 전갈이었다.

놈들은 어디든 가리지 않고 길이 보이는 족족 마왕성을 오르고 있었고, 5층에 도착할 때쯤 새로운 방어 수단이 발동됐다.

[진입 거부 발판이 발동됩니다.]

스프링처럼 튀어 오른 발판이 전갈들을 되돌려 보낸다.

하지만 놈들은 멋모르고 계속 앞으로 가면서 줄기차게 발판이 밝았다.

"멍청한 놈들이라 다행이군. 한조, 처리해라."

-네에. 지금 갑니다!

헥토르와 궁수 위주로 만들어진 한조 부대.

방어 수단 반대편에 있던 그들은 발판에 튀어나간 전갈들을 일일이 쏘며 피해를 중첩시켰다.

"적당히 쏴라. 나머지 화살은 주워서 쓰도록."

-히잉.

물론, 화살 소비를 줄이기 위한 절약 정신도 잊지 않았다.

헥토르는 발판을 뚫고 오는 전갈들을 넉백으로 밀치며 가끔씩 흡혈을 시전했다.

하지만 단단한 껍질을 뚫고 피를 빨기란 쉽지 않았다.

-으아. 마왕님, 흡혈을 못 사용하겠어요.

"쯧. 라이언 부대, 앞으로 정렬해라."

마침 쿨단과 함께 방패병들이 5층 복도에 도착했다.

오직 선두를 지키기 위해 만들어진 라이언 부대.

[>ㅅ<]

군이 따지자면 이모티콘이 결점이긴 했지만 D급으로 성장하면서 충분한 방어력을 갖추고 있었다.

또한, 흡수력을 가진 쿨단이 각종 스킬 및 특성을 방어력으로 바꾸며 원거리 공격까지 탁월하게 막아내는 상태였다.

용찬은 마저 루시엔과 불한당을 합류시켜 마무리 지시를 내렸다.

그리고 옥좌에 등을 기대며 그레고리를 향해 말했다.

"아까 전부터 무엇을 그리 쳐다보는 거냐?"

"아, 다름이 아니라 부대명을 저렇게 지으신 이유가 있을까 해서 말입니다."

"……그냥 생각나는 대로 지었을 뿐이다."

전부 현대에서 따온 용어였지만 굳이 알리진 않았다.

용찬은 애써 시선을 회피하며 수정구를 꺼내 들었다.

-헨드릭 프로이스 님, 걱정하던 란드로스 가문의 간섭이 아예 사라진 모양입니다. 한데 정말 저희 더 페이서 상단을 바쿤 전속 상단으로 계약해 주실 생각이십니까?

더 페이서 상단의 지부장 로버트는 그동안도 꾸준히 거래를 해오곤 있었지만 슬슬 전속 상단까지 생각하고 있었다.

'마족 놈들은 플레이어 전용 아이템을 단순히 장식품 취급하고 있어. 다른 플레이어 장비들과 아이템까지 포함한다면 더 페이서 상단을 통해 사들이는 게 편해.'

시중에 널린 것만 해도 진영 내에서 구하지 못할 희귀한 것이 많이 숨겨져 있었다.

"물론이다. 본부에도 알려두도록 해라."

-영광입니다. 본부장님도 바쿤에 대해 매우 긍정적이니 바로 허가를 받아 오도록 하겠습니다.

차분하던 로버트가 유독 흥분한 기색을 숨기지 못했다.

사실상 마계 내에서 그리 이름을 날리지 못하고 있던 더 페이서였으니 전속 상단 자체가 큰 영광일 것이다.

용찬은 수정구를 집어넣고 눈앞의 메시지를 확인했다.

[초심자용 수행 과제를 모두 클리어했습니다.]
[6,000젬을 획득했습니다.]
[20,000골드를 획득했습니다.]
[보상으로 특성, 스킬 부여권이 각각 1장씩 지급됩니다.]

드디어 15번째 수행 과제까지 클리어였다.

이전보다 상당해진 보상.

하지만 그것이 끝이 아니었다.

[바쿤의 등급이 D급으로 상승했습니다.]
[악몽의 탑 게이트 자격이 갖추어졌습니다.]
[마왕성 기능이 두 가지 추가됐습니다.]

때마침 D급으로 상승한 마왕성 바쿤.

수행 과제와 동일하게 새로운 보상들이 주어졌다.

'……악몽의 탑.'

불현듯 예전 기억들이 머리를 스쳐 지나간다.

하지만 용찬은 이내 고개를 저으며 기능부터 확인했다.

[직업 부여권]

[특수 상점 이용권]

'이것들은 차차 알아봐야겠군.'

어떤 기능일지는 대충 예상이 갔다.

"그레고리, 혹시 내가 없을 때 선전포고를 당하면 어떻게 되지?"

"마계 위원회 측에서 마왕이 자리를 비운 것을 확인하고 서열전 일정을 뒤로 미룹니다."

"괜찮군. 그럼 한동안 마왕성을 맡아라. 정확히 언제 돌아올지 모르니 일단 수정구를 건네주마."

상단을 통해 통신 수정구를 구매했기에 혹시 모를 상황에 대비해 통신을 할 수 있었다.

물론 마계와 다른 곳의 시간 흐름이 달라 통신할 때 약간 시간 차이가 날지도 몰랐다. 애초에 지금부터 향할 곳은 나중에는 통신이 안 되지만 말이다.

콰앙!

다급히 문을 발칵 열고 방 안으로 들어온 사내.

"마, 마왕님."

"마침 잘 왔군. 따로 지시할 것이 있었는데."

바쿤의 전속 대장장이 잭 펠터였다.

그는 난데없이 바닥에 엎드려 수차례 머리를 조아렸다.

"뭐하는 짓이지?"

"죄, 죄송합니다. 제가 헨드릭 프로이스 님의 능력을 못 알아보고 크게 실례를 저질렀습니다. 용서해 주십시오!"

첫 대면 당시 건방진 태도로 보수까지 언급했던 가문 소속 대장장이. 실제로 평가전 이전까지도 바쿤에 그리 큰 기대를 걸지 않았던 잭이었다.

하지만 용찬의 무위가 입증되고 점차 서열이 높아지자 뒤늦게 자신의 실수를 깨닫고 있었다.

방 안에 함께 있던 그레고리는 그제야 용찬이 그때 했던 말의 뜻을 깨달았다.

"이래서 자연스레 수그러들 것이라고 하셨었군요."

"언제나 말보단 행동이지. 일어나라, 잭 펠터."

"절 용서해 주시는 것입니까, 마왕님?"

잭은 거의 울먹거리는 얼굴로 고개를 들었다.

하지만 용찬은 고개를 저으며 입꼬리를 말아 올렸다.

"정 그렇게 속죄하고 싶다면 행동으로 보여라."

"예?"

"곧 더 페이서 상단이 우리 전속 상단이 될 거다. 적절한 비용 선에서 그레고리와 함께 광석들을 사들여라. 첫 번째 제작품은 방패병들이 쓸 창이다. 형태와 등급은 너에게 맡기도록 하지."

"오오. 알겠습니다, 마왕님!"

말의 본뜻을 알아차린 잭은 황급히 대장간으로 돌아갔다.

아무래도 자신의 실력을 마음껏 발휘할 생각에 신이 난 모양이다.

그렇게 대충 마왕성 일이 마무리되자 용찬은 테이블에 놓여 있던 메모지를 잠시 훑어보고는 이내 미션 창을 켰다.

"우선 이곳이군."

방 안을 가득 메우는 푸른빛.

서서히 시야가 점멸되는 가운데 손등에 문신이 새겨졌다.

"……젠장."

그 말을 끝으로 용찬의 신형이 사라졌다.

◀ 20장 ▶
나비 계곡

인적이 드문 산속.

붉게 물든 하늘에서 푸른 날개 한 쌍이 펄럭인다.

서서히 대지에 오색 빛깔 가루들이 내려앉고, 이내 세계가 파랗게 뒤덮였다. 수백, 아니, 수천 마리를 넘어가는 나비들의 날갯짓 속에서 계곡 전체가 진동하기 시작했다.

그리고 고요한 강가 근처로 그림자가 드리워졌다.

"하아, 하아. 여기면 어느 정도 시간을 벌 수 있겠지."

먼지 가득한 로브를 털며 나타난 사내.

그는 다름 아닌 리우청이었다.

"제길. 빌어먹을 디어스 길드 자식들. 내가 무슨 죄를 지었다고 이렇게 쫓아다니는 거야."

라딕 던전이 모든 문제의 시발점이었다.

아무것도 건지지 못한 채 귀환 주문서를 사용한 것도 억울해 죽겠는데, 이제는 디어스 길드까지 인원을 동원해 자신을 추적하고 있었다.

소문으로는 라딕을 탈출한 자들을 모조리 빠짐없이 끌고 간다고 하는데, 솔직히 거대 길드와 얽히게 되면 발이 묶이는 것과 다름없었다.

'디어스 길드. 확실히 인식은 좋은 곳이지만 지금 분위기로 봐선 이전과 달리 너무 과격해. 이대로 끌려가면 온갖 스킬로 내 신상과 정보들만 탈탈 털리고 말 거야.'

상상만 해도 끔찍하다.

하멜에서 살아남기 위해 몰래몰래 지은 죄도 몇 가지씩 있다 보니 더더욱 두려워졌다.

하지만 리우청은 주변을 보며 안도의 한숨을 내쉬었다.

"그래도 나비 계곡 필드면 쉽게 찾지는 못하겠지. 한동안 여기서 죽은 듯이 지내야겠어."

나비 계곡은 방대한 면적으로 이루어진 최대 규모의 사냥터 필드다. 모든 진영 플레이어가 이용할 수 있어 충돌도 잦았지만 이곳이라면 몸을 피할 수 있었다.

[현재 필드에 적용된 제한 페널티:귀환, 속박, 추적, 감지]

'끄응. 귀환이 제한된 것은 좀 걸리지만 추적과 감지가 제한 됐다면 주문서와 마력 기술도 사용 못 할 거야.'

하멜의 미션, 던전, 필드 등등 일부 지역은 이렇게 제한 페 널티가 걸린다.

특히 나비 계곡은 매주 초기화되는데, 다행히 오늘은 운이 풀리는 모양이다.

리우청은 강가에서 손을 적신 뒤, 조심히 주변을 살피며 돌 아다녔다.

"후우. 이 근처는 나 혼자뿐⋯⋯."

"크르르르."

"이 아니었잖아!"

수풀 사이로 모습을 드러내는 커다란 덩치의 늑대, 정확히 는 D급 몬스터로 취급하는 웨어 울프였다.

그 시각, 누군가와 달리 아예 산속 한가운데에서 또 다른 플 레이어가 모습을 드러내고 있었다.

제에에엔장!

멀리서 들려오는 비명 아닌 비명 소리는 잠시 발걸음을 멈추게 했지만 이내 신경을 껐다.

오히려 지금은 손등에 새겨진 문신이 문제였다.

"하필 리오스 진영이라니. 짜증 나는군."

불쾌하기 짝에 없는 거미 모양의 문신이다.

용찬은 인상을 구기며 제한 페널티를 확인했다.

'귀환, 속박, 추적, 감지까지. 내 기억과는 달라. 그렇다면 아직 시작되기 전이란 거군.'

이전 생에서 나비 계곡으로 입장했을 즈음엔 큰 변화가 일어났었다.

하지만 그리 크게 당황하진 않았다. 애초에 기존 노리던 시기와 약간 엇갈리는 정도는 감수하고 있었기 때문이다.

오히려 문제는 탐지 스킬을 사용하지 못한다는 것.

'탐지의 등급은 D급. E급에서 D급까지 입장 가능한 나비 계곡이라면 모든 플레이어에게 효력이 미칠 텐데 아쉽군.'

하멜의 스킬, 마력 기술, 주문서 등 보조 계열 능력들은 보통 10가지 종류로 구분된다.

속박계, 지속계, 감지계, 정신계, 방출계, 소환계, 변화계, 추적계, 저항계, 방해계까지. 물론, 이밖에도 다른 종류 기술들이 더 있었지만 대체로 이렇게 통용되고 있었다.

그리고 현재 용찬이 언급한 탐지 스킬은 감지계 종류였다.

'어쩔 수 없지. 일단 준비부터 해볼까.'

익숙한 손놀림과 함께 인벤토리에서 장비를 꺼냈다.

이번 평가전의 보상으로 받은 매직급 장갑.

비록 전투용 무기는 아니었지만 뇌격이 사라진 제단장의 장갑보단 나았다.

[정령의 기운이 담긴 장갑]

[등급:매직]

[옵션:친화력 능력치 1 상승, 속성 기술 위력 소폭 상승]

[설명:평가전 보상을 위해 제작된 장비다. 정령석이 박힌 장갑은 속성의 기운을 자연스레 이끌어낸다.]

'일부러 우승자를 고려해 장비를 제작했다 이건가. 마계 위원회도 나름 애썼군.'

갑작스러운 서열 변동 및 프로이스 가문을 염두에 두고 보상을 엄선한 듯했다.

용찬은 모든 장비를 착용한 후 병사를 소환했다.

"어엇. 여, 여긴?"

"플레이어 놈들의 전용 사냥터 필드지. 내가 널 불렀다, 로드멜."

"아, 마왕님이시군요. 또 저번처럼 아이템을 통해 이곳으로 이동한 것입니까?"

"그렇다고 볼 수 있지."

바쿤의 전속 치료술사 로드멜.

한 차례 라딕으로 이동되기도 했던 그는 크게 의심하지 않고 주변부터 살폈다.

'이 녀석은 계속해서 써먹을 수 있겠어.'

서양적인 외모에 마족도 치유할 수 있는 치료술사.

종족만 들키지 않는다면 편하게 위장시켜 데리고 다닐 수 있었다.

용찬은 로드멜에게 로브를 건네며 미리 플레이어들에 대해 설명했다. 그리고 의심받지 않기 위한 주의까지 주자 대충 이야기는 마무리됐다.

"이해했습니다. 최대한 플레이어인 척하며 마왕님을 보조하도록 하겠습니다."

"역시 다른 병사들과 달리 말귀를 잘 알아먹는군. 하지만 호칭에도 신경 쓰도록 해라."

"으음. 알겠습니다, 백경훈 님."

잭과 비슷하게 평가전 이후 한층 충직해진 로드멜이었다.

……앞으로 바쿤의 서열은 더욱 올라갈지 몰라. 권능까지 각성하신 분이니 끝까지 함께한다.]

심리 상태를 봐도 불안 요소는 없었다.

용찬은 흡족한 표정으로 또 한 명의 병사를 소환했다.

[ㅇㅅㅇ]

절망의 투구와 로브로 인상착의를 확실히 가린 쿨단은 이번에도 예외 없이 멤버로 합류했다.

이제 남은 소환 가능 인원은 2명.

바쿤의 등급이 D급으로 오르면서 한 명을 더 소환할 수 있었지만 용찬은 지금 멤버로 만족했다.

"마왕…… 아니, 경훈 님. 이제 어쩌실 예정이십니까."

"우선 간단히 몸을 풀어야 할 것 같군."

마침 수풀들 사이로 웨어 울프들이 튀어나오기 시작했다.

로드멜과 쿨단은 급히 전투태세를 취했지만 그전에 앞서 용찬이 스킬을 시전했다.

[뇌전의 갑옷이 발동됩니다.]

일정 시간 동안 전신을 뇌전으로 감싸는 스킬. 접근한 상대에게 속성력이 담긴 피해를 주며 마법 저항력 또한 약간이나마 상승시키는 효과도 있었다.

"크왕!"

파지지직!

어깨를 덥석 물던 웨어 울프가 감전되어 나가떨어졌다.

용찬은 정면으로 손톱을 휘두르는 공격을 반격하며 파쇄를 사용했다.

콰지지직!

새로운 C급 특성 뇌전의 기운. 모든 스킬에 뇌전 속성력을 부여하고 뇌전 자체를 자유자재로 다룰 수 있게 하는 효과였다.

웨어 울프들은 사방으로 퍼지는 뇌전에 기겁하며 뒤로 물러났다.

"크르르르!"

"역시 D급 몬스터라서 한 방에 죽이진 못하는군."

파쇄로 인해 움푹 파인 구덩이를 두고 대치하는 상황.

하지만 이전과 달리 용찬은 원거리 스킬도 가지고 있었다.

[라이트닝 볼텍스가 발동됩니다.]

나무들 사이로 내리꽂히는 천둥 벼락. 요란스러운 소리와 함께 몰려 있던 웨어 울프들에게 직격했다.

털썩! 털썩!

마법 저항력이 낮던 놈들은 금세 파릇파릇 구워졌다.

새로운 장비의 효과 때문인지 이전보다 위력이 강했다.

다만, 그만큼 마력 부담이 큰 상태였다.

"쯧. 평가전 때처럼 강한 위력은 기대하지 못하겠어."

라이트닝 볼텍스 자체가 마력을 엄청나게 잡아먹는다.

붕대 마족과 싸울 당시엔 모든 마력을 쏟아부어 마무리를 지었지만, 그때처럼 하기엔 위험부담이 너무나도 컸다.

마력 고갈 현상까지 고려해야 하는 상황이었다.

용찬은 품속에서 E급 마력석을 꺼내 마력을 회복했다.

"여, 역시 대단하십니다. 경훈 님."

"슬슬 움직이도록 한다."

"알겠습니다."

서서히 날이 저물어간다.

용찬은 웨어 울프에게서 나온 아이템들을 챙긴 뒤 쿨단과 로드멜을 데리고 산을 내려가기 시작했다.

나비 계곡은 가파른 산 지형으로 이루어진 필드다. 곳곳에 계곡이 존재하긴 했지만 대부분 산이었다. 그래서 평야보다 빠르게 해가 지고, 어두워지면 기온이 내려간다.

타다닥.

모닥불의 장작이 타들어 간다.

일찍부터 산 중턱 부근에 자리 잡은 일행은 동굴 앞에서 편안히 밤을 지새우고 있었다.

파지지직.

손끝으로 방출되는 뇌전의 기운은 안타깝게도 얼마 가지 않아 마력이 꺼졌다.

'빌어먹을. 역시 안 되는 건가.'

세세한 컨트롤이 되지 않는 탓일까.

마력 기술에 대해 당최 갈피를 못 잡고 있었다.

용찬은 인상을 구기며 재차 시도했지만 결과는 같았다.

'차라리 스킬 북으로 배우는 편이 빠르겠군. 이래선 주요 마력 기술들을 얻지도 못할 판이야.'

태현이 사용했던 마력탄뿐만이 아니다. 마력의 흐름을 추적하는 기술, 빛의 구를 소환시키는 기술, 장막을 쳐 소리를 죽이는 기술. 그리고 그런 장막을 뚫고 간파하는 기술까지.

마력으로 할 수 있는 일은 무척이나 다양했고, D급부턴 마력 기술 자체가 거의 필수였다.

'계속 시도해 보고 정 안 되면 스킬 북을 찾아봐야겠어.'

일단 나비 계곡 필드에 집중할 때다.

용찬은 미리 가져온 식량을 재차 확인했다.

총 2주일 치. 혹여 일정이 길어질 수도 있긴 했지만 아직까지 걱정할 필요는 없었다.

'일단 아침부터 본격적으로 움직이면 될 것 같……'

바스락.

속삭임의 귀걸이를 통해 발걸음 소리가 들려왔다.

접근하는 자는 얼추 3명 이상.

로드멜과 쿨단은 아직까지 눈치채지 못하고 모포에 누워만 있었다.

'감지계, 속박계, 추적계는 금지되어 있어. 그렇다면……'

서서히 나무 사이로 인영이 드러난다.

용찬은 달빛에 반사된 날을 보자마자 즉시 달려들었다.

까앙!

불쑥 튀어나온 방패에 가로막히는 주먹.

싸늘한 시선이 정면을 향하는 가운데, 덩치 큰 사내가 모습을 드러냈다.

"크으윽. 이봐, 같은 진영 플레이어라고!"

"……그걸 어떻게 믿지?"

"봐라. 네놈 손등에 있는 모양과 같은 문신이다. 어때?"

묵직한 팔뚝 위로 거미 모양 문신이 드러난다.

그제야 용찬은 뒤로 물러났지만, 아직 경계는 풀지 않고 있었다.

"웃기는군. 리오스 진영 플레이어인데 뭐 어쩌란 거냐. 무슨 볼일인지나 말해."

"거참, 싸가지없는 놈일세. 그저 돌아다니다가 우연히 모닥불을 발견한 것뿐이라고."

"맞습니다. 저희 동료분에게 너무 뭐라 하지 마십시오."

덩치 큰 사내 곁으로 불쑥 튀어나오는 한 명의 청년. 유독 전신에 걸친 갑주가 돋보이는 그는 사각 안경테를 살짝 올리며 모습을 드러냈다.

그리고.

'……이 자식은?'

익숙한 얼굴에 용찬이 당황하는 가운데 그자가 가볍게 고개를 숙였다.

"반갑습니다. 적월의 길드장 이종호입니다."

적월 길드는 소규모로 시작해 3년 만에 진영의 대표 길드로 자리 잡은 단체. 오직 중립만을 지향하는 적월이 그렇게 입지를 다질 수 있었던 것은 단 한 명의 사내 때문이었다.

'이종호, 이 자식이 여기 왜?'

리오스 진영 랭커 중 가장 껄끄러웠던 상대를 고르라면 당연히 저놈일 것이다.

그나마 진영 다툼을 거의 방관하다시피 해 전체적인 피해는 적었지만, 누구든 자신을 건드리면 끝까지 물고 늘어지는 지독한 성격이었다.

"호오. 저쪽은 동료분들이신가 보군요."

"……."

"초면에 이런 말씀, 죄송하지만 간단히 저쪽 분들도 문신을 확인해 볼 수 있겠습니까?"

자리에서 일어난 로드멜과 쿨단은 어리둥절해했다.

용찬은 정면을 응시하며 검 손잡이를 쥔 종호를 보며 식은 땀을 흘렸다.

'안 돼. 이놈 앞에선 변명도 속임수도 통하지 않아.'

보통 한 명이 대표로 문신을 보여주면 대부분은 간단히 넘어간다.

하지만 하멜에서 경험이 좀 있는 자라면 얘기가 다르다.

여기서 정할 수 있는 선택지는 두 가지.

세 명을 전부 죽이거나 또 다른 방법으로 설명하는 것.

다만, 전자 같은 경우 메신저 기능과 소환계 스킬 및 아이템을 고려해야 했다.

'귀환이 금지된 이상 저놈이 길드원이라도 소환하면 그대로 둘러싸인다. 혼자서 빠져나가는 것은 쉽지만 로드멜과 쿨단은 아닐 테지. 당장 역소환을 쓰는 것도 애매하니 여기선 일단⋯⋯'

애초에 플랜 B 정도는 마련해 둔 상태다.

용찬은 경계를 풀며 뒤에 있던 둘을 가리켰다.

"제가 고용한 NPC들입니다. 문신이 있을 리가 없죠. 적월 길드의 수장 분께서 도시의 용병 관리소 정도를 모르진 않을 거라 믿습니다."

"흐음. 이거 실례했군요. 최근에 머더러 놈들 때문에 자꾸 의심부터 하는 버릇이 생겼나 봅니다."

"혹여 용병 고용 계약서까지 원하신다면……."

"아뇨, 아닙니다. 그 정도 실력자께서 굳이 저를 속이실 이
유는 없으시겠죠."

자연스레 방패병 사내의 눈살이 찌푸려진다. 아까 전부터
욱신거리는 팔을 애써 가리고 있었지만, 살짝 금이 간 방패까
진 숨기지 못했다.

그렇게 대화가 쉽게 풀리자 눈치가 빠르던 로드멜도 상황에
적응했고, 이후 그들과 함께 모닥불을 쬐게 됐다.

"죄송하게 됐습니다. 급히 필드로 오느라 모닥불 아이템을
깜빡했지 뭡니까. 사례는 따로 챙겨 드리도록 하죠."

"이 정도로 사례를 바랄 정도로 염치없진 않습니다. 한데, 요
즘 떠오르는 적월 길드의 마스터께서 여긴 어쩐 일로?"

"아, 다름이 아니라 나비 계곡 필드에서 저희 진영 머더러들
에 대한 정보가 들어와서 말입니다. 상당히 악질적인 놈들이
라 저희 길드가 맡아서 처리하게 됐습니다."

예나 지금이나 유독 머더러들에게 집착했다.

아무래도 자신이 기억하는 시기까지 나비 계곡에 잠시 있었
던 듯했다.

종호는 안경테를 끌어 올리며 잠시 쿨단에게로 고개를 돌렸다.

[ㅁㅅㅁ]

"오호. 감정 표현 장비를 가진 NPC라니. 신기하군요."

"저도 고용하고 나서 알게 됐습니다. 아무래도 목소리를 내지 못⋯⋯."

불현듯 뇌리로 파고드는 마력의 기운.

정신에 영향을 받으려던 찰나 사방으로 마력이 퍼졌다.

[마력 방출이 발동됩니다.]

대련 당시 질시언도 시전했던 스킬.

권능을 각성하며 유일하게 얻은 저항계 마력 기술이었다.

"엇차."

장작의 불씨가 꺼지며 주변이 어두워진다.

용찬은 뒤로 물러난 종호를 보며 뇌전을 일으켰다.

"적혈 길드의 수장치곤 제법 유치한 수법을 쓰는군. 대화 주제를 돌리면서 그사이 정신계 기술을 쓰다니. 지금 나랑 장난하자는 건가."

"이런이런. 진정하시기 바랍니다. 단순히 확인 차 시험해 본 것뿐입니다. 정보에 의하면 이곳에 입장한 머더러들은 마력 기술을 다루지 못하는 D급 플레이어라고 해서 말이죠."

"웃기지 마라. 머더러 놈들은 같은 진영 플레이어들을 죽인 숫자만큼 문신이 붉어질 텐데?"

"으음, 요새는 아예 색깔을 숨기거나 가짜 문신을 만드는 분들도 계셔서 말입니다."

확실히 수단과 방법을 가리지 않고 문신을 조작하는 머더러들이다.

도시에서 문신 위치를 바꿀 수 있기 때문에 더더욱 치밀해진 놈들이지만, 지금 저놈은 단순히 머더러를 핑계 삼아 자신의 정체를 알아내려 했을 뿐이었다.

만약 정신계 기술에 당했더라면 기억 속 일부 정보를 그대로 뱉어냈을 것이다.

"……하지만 경훈 님의 반응으로 보아선 아무래도 해당되지 않는 것 같군요. 진심으로 사과드리겠습니다. 그리고 동시에 한 가지 제안도 하겠습니다."

"……"

서서히 긴장감이 감도는 가운데 종호의 입가가 조금씩 올라가고 있었다.

[바위 찍기가 발동됩니다.]

[아이스 월이 발동됩니다.]

　종호와 함께 온 길드원 두 명은 방패병과 마법사였다.

　나름 노련한 그들은 사방으로 튀는 파편 속에서도 침착히 적들을 노렸다.

　"젠장. 여기를 어떻게 알고 온 거야. 하필 적월이라니!"

　문제의 화근이었던 머더러들.

　그들 딴에는 추적이 불가능하다고 여긴 것 같지만, 이미 놈들의 주요 거점은 위치가 알려져 있었다.

　"칫. 우선 도망친다. 가자!"

　"흐음, 어디를 가시려고 그러십니까."

　"빌어먹을. 저리 비켜!"

　퇴로를 가로막은 종호에게로 머더러 한 명이 덤벼들었다.

　상대의 직업은 창기사. 중갑 혹은 판금을 착용한 상대에게 치명적인 내상을 주기 용이한 근접 계열이었다.

　하지만 놈을 가로막고 선 자는 수준 자체가 달랐다.

[돌풍 찌르기가 발동됩니다.]
[성스러운 심판이 발동됩니다.]

　신성력이 맺힌 거대한 망치가 머더러를 짓누른다.

바람의 속성력이 담겨 있던 창은 위력을 잃고 바닥을 나뒹굴었고, 놈은 고통에 못 이겨 비명을 내질렀다.

"그러게 진작……."

쿠웅!

"죽었으면……."

쿠웅!

"덜 고통스러웠을 것 아닙니까."

콰직!

형체를 알 수 없을 정도로 곤죽이 된 시체.

종호는 느긋이 안경테를 고치며 신성력을 거둬들였다.

'이번 생도 마찬가지로 성기사군. 신성력 스킬만 잘 피하면 승산은 있겠지만 역시 길드원들이 문제겠지.'

현재 머더러들과 혈전을 벌이는 두 명은 기억에 없는 존재들이다. 다만 종호가 히든 직업인 성기사라는 것과 수십 명의 다른 길드원이 단숨에 소환될 가능성 때문에 쉽사리 처리하기 힘들었다.

특히 저놈은 다방면으로 머리를 굴릴 줄 한다.

"위치가 확보된 머더러들의 소탕을 며칠 동안만 도와주시면 됩니다. 사례는 미리 지급해 드리도록 하죠."

20만가량의 골드까지 쥐여주면서 함께 활동하려고 한 것도 분명 곁에서 자신을 지켜보려는 수작. 수상하다고 여긴 점은 끝까지 물고 늘어지는 종호의 성격을 생각해 승낙하긴 했지만 마음에 안 드는 것은 어쩔 수 없었다.

'그래도 일주일 정도는 시간 여유가 있으니 놈을 따라다니면서 정보나 얻어 가야겠어.'

바닥에 떨어진 머더러들의 장비 및 아이템들은 덤이다.

"정말 계속 따라다녀도 괜찮겠습니까. 벌써 3일째입니다."

"이미 놈은 길드 측에 통신해 내 가명에 대해 알아보고 있을 거다. 섣불리 행동하면 되레 의심만 살 테지. 우선 잠자코 따라다닌다."

"으음. 알겠습니다."

아마 지금쯤 백경훈이란 이름을 가진 플레이어들에 대해 정보가 계속해서 보고되고 있을 것이다.

다만 소규모 길드의 한계상 그 많은 동명이인을 전부 알아보긴 불가능할 터.

결국 무명 플레이어라고 단정 짓고 이전보다 더욱 정체를 알아내려 할 게 분명했다.

'물론 그래 봤자 숨은 강자 정도로 치부하겠지.'

언제나 그렇듯이 힘을 숨기고 돌아다니는 자들은 매번 존재한다. 회귀 이전은 물론 이번 생 또한 마찬가지다.

용찬은 로드멜의 걱정을 잠재운 뒤 바닥을 내리찍었다.

[파쇄가 발동됩니다.]

죽은 듯이 숨어 있던 머더러 한 명이 나가떨어진다.

그제야 주위를 두리번거리던 적월 길드원 두 명이 잽싸게 달려왔다.

'오히려 문제라면 유태현 그놈에게 정보가 흘러들어 갈지도 모른다는 것이겠지만, 이종호라면 그럴 리 없지.'

그렇게 용찬은 마무리되어 가는 머더러들을 보며 미소를 띠었다.

일주일이란 시간은 빠르게 흘러갔다.

용찬은 제안대로 위치가 확보된 머더러 소탕을 도왔고, 그 과정 속에서 쿨단의 활약도 은근 눈에 띄었다.

그때마다 종호는 눈을 빛내며 쿨단에 대한 정보를 원했지만, 용찬의 대답은 한결같았다.

"용병 고용 관리소 수칙상 계약기간 동안 NPC의 정보는 언급 금

지라는 것을 알고 있을 텐데?'

수칙을 어길 시 용병과의 계약은 강제로 끊긴다.

마력으로 서약된 조항인 것을 알기 때문에 종호는 아쉬워하면서도 끝내 포기하는 눈치였다.

그리고 마지막 일곱 번째 날.

대충 위치가 확보된 머더러가 모두 제거되자 마침내 그가 본색을 드러내기 시작했다.

"그동안 이런저런 얘기를 나눠본 결과, 경훈 님은 아무래도 정체를 드러내지 않고 활동하시는 플레이어 같군요."

"이전에도 말했지만 무리에 얽히는 건 사양이라서."

"하지만 그 실력 정도면 금방 랭커로 자리 잡으실 것 같습니다만."

안경 속 가려진 눈에 이채가 발한다. 머더러가 아니라는 것을 대충 파악했으니 욕심이 날 만도 했다.

하지만 지금은 최대한 자신을 숨겨야 했다.

"길드 가입 권유라면 거절하지. 네놈 같이 몰상식한 놈 밑에서 있다간 내 멘탈이 먼저 날아갈 것 같아."

"흐음. 아직 아무런 말씀도 드리지 않았는데 시작부터 무척 단호하시군요."

"오히려 들어간다 치면 타이탄 길드 쪽이 더 끌리겠지."

"……쯧. 또 그 유태현 놈입니까. 확실히 최근에 입지를 넓히고 있는 신규 루키긴 하지만 결국 물 흐리는 미꾸라지일 뿐입니다. 애초에 타이탄 길드도 놈 때문에 이름이 약간 알려진 정도지 알맹이는 실속 없을 겁니다."

예상대로 종호는 태현에 대해 부정적인 반응을 보였다.

한 명은 직접 진영을 이끌려 하고, 한 명은 주변의 안전을 우선시하며 방관하려는 입장.

회귀 이전부터 이어져 온 두 명의 가치관은 이번 생에서도 서로 반감을 사게 만들고 있었다.

"뭐, 당장 어디를 들어간다는 소리는 아니니까 한번 생각은 해보도록 하지."

"이거 참. 오늘은 이 정도로 만족해야겠군요. 언제든 생각이 나시면 적월 길드 본부로 찾아와 주십시오."

그 말을 끝으로 종호 일행은 도시로 귀환했다.

이미 머더러 소탕 도중 제한 페널티가 바뀌었기에 용찬 또한 귀환이 가능해졌지만 아직 돌아가긴 일렀다.

"이제 저희는 어디로 가는 것입니까, 마왕님."

"움직일 필요 없다."

"예?"

그 순간, 계곡 전체가 흔들리기 시작했다.

마치 지진이라도 일어난 듯 땅 전체가 요동치자 멍하니 있던 쿨단이 그대로 바닥에 넘어졌다.

[ㅠㅅㅠ]

허공으로 떠오른 이모티콘 위로 하늘이 파랗게 물든다.
드디어 기다리고 있던 푸른 나비들의 축제다.

[위험 발생]
[나비 계곡으로 이차원의 존재들이 침입했습니다.]

다섯 진영의 플레이어들이 아닌 다른 세계의 존재.
회귀 이전 자신이 겪었던 기억 그대로였다.
"어서 와라. 파수꾼들."
서서히 창공을 뚫고 빛의 기둥이 곳곳에 내려오는 가운데,
유일하게 마왕만이 그들을 환영하고 있었다.
푸른 나비들이 주로 서식하는 나비 계곡은 고대로부터 유지
되어 온 필드이기에 수많은 전설이 있었다.
그중 유독 특이한 것은 새로운 플레이어가 입장할 때마다
필드 전체가 요동치는 현상.
하나, 지금만큼은 잘못된 존재를 불러들인 상태였다.
"대체 저 기둥은 무엇입니까, 마왕님?"

"이럴 시간 없다. 따라와라. 슬슬 사냥이 시작될 거다."

"사, 사냥이라 함은?"

플레이어 필드에 대해 자세히 알지 못하던 로드멜은 혼란스럽기만 했다.

이제야 적월 길드와 헤어져 마음이 놓였는데, 또다시 사냥이라니. 도통 이해할 수 없는 일 천지였다.

용찬은 빛의 기둥들을 살펴보며 이전과 같은 위치란 것을 깨닫고 입가를 올렸다.

[제한 페널티가 강제로 변경됐습니다.]

[제한 페널티:입장, 귀환, 방해, 변화, 메신저]

[이차원의 파수꾼이 플레이어를 적으로 간주했습니다.]

[숨겨진 퀘스트가 발동됩니다.]

주박처럼 새겨져 있던 문신이 사라진다. 회귀 이전 D급을 앞두고 세 번째로 겪었던 생과 사의 고비.

"죽고 죽이는 사냥. 그게 전부다."

"어, 엇. 마왕님!"

[@ㅅ@]

이젠 그때와 달리 마왕으로서 부딪혀야 했다.

그렇게 용찬은 로드멜과 쿨단을 데리고 가장 가까운 빛의 기둥으로 향하고 있었다.

[이차원의 파수꾼을 처치하라]

[등급:B]

[설명:고대 서리 여왕의 분노로 인해 제국이 무너지고 폐허가 된 도시에 계곡이 만들어졌다. 지금은 푸른 나비들이 서식하는 필드인 나비 계곡. 그곳에 이계의 침입자들이 나타났다. 모든 진영 플레이어가 힘을 합쳐 그 존재들을 쓰러트려야 할 시간이다.]

[목표:이차원의 파수꾼 0/7]

[보상:레어급 장비, 직업 전용 특성 북]

퀘스트 창이 나타났을 때만 해도 어리둥절하기만 했다.

일정 시기에 맞춰 발동되는 히든 피스.

현 상황은 그것으로밖에 설명이 불가능했고, 상황의 심각성보다는 오히려 보상에 눈이 갔다.

하지만 막상 그놈들을 대면하자 생각이 달라졌다.

"미, 미친. 이런 놈들을 어떻게 상대하라는 거야!"

"꺄아아악! 살려주세요, 제발!"

"그냥 튀어. 지금은 도망쳐야 해!"

혼비백산해 파티원들이 도망치기 시작했다.

유일한 성직자 여성이 바닥에 깔린 어둠으로 빨려 들어가고 있었지만, 그 누구도 그녀를 구하려 하지 않았다.

오히려 정면에 군림한 파수꾼에게서 느껴지는 공포로부터 최대한 멀리 떨어지려 했다.

"……여기는 특이한 인간들이 가득하군."

녹색으로 오염된 늪에서 황금색 갑주의 기사가 천천히 걸어 나왔다. 한 손에 누군가의 수급을 들고 있던 그는 대충 머리를 던져 버린 후, 검집에서 장도를 꺼내 들었다.

우우우웅!

마치 공명하듯 떨려오는 검신.

그 순간, 도망치던 플레이어들의 신체가 반으로 갈라졌다.

"하지만 시시해. 다행히 그놈들은 없는 것 같고. 우선 근처의 동료들과 합류해야겠군."

보통 인간의 두 배는 되는 덩치. 정체를 알 수 없는 기사는 어둠에 잠식당한 성직자를 내려다보다 고개를 돌렸다.

"아, 아아아아!"

"살아 있었나?"

"살려줘. 제발. 제발!"

바닥에 주저앉은 채 몸을 덜덜 떨고 있는 사내가 보인다.

전신을 감싼 방어막을 보아 요상한 기술로 자신의 검술을 막아낸 듯했다.

황금 갑주의 기사는 푸른 안광을 띠며 그에게로 다가갔다.

"네놈, 내 기술을 어떻게 막아낸 거지?"

"사, 살려…… 컥!"

복부에 기다란 장도가 꼽혔다.

"묻는 말에 답해라. 적어도 편하게 보내줄 테니."

"커, 커어억. 스, 스킬……."

털썩.

그 말을 끝으로 사내의 숨이 끊겼다.

기사는 고개를 저으며 검신의 피를 털어냈다.

이곳의 인간들은 몸이 너무도 허약했다.

특이한 점이라면 각각 다른 기술을 사용한다는 것.

"스킬이라고 했나. 신기하군."

점점 흥미가 생긴다.

우연히 이 세계로 이동되었는데 자신이 있던 곳과는 무척 달랐다. 수칙상 다른 파수꾼들과 합류해야 했지만 근처의 동료와 만난 후 같이 사냥을 즐기며 움직여도 될 터다.

기사는 곳곳에 떨어진 장비와 아이템들을 감흥 없는 시선으로 보며 천천히 발걸음을 옮겼다.

그리고 고개를 돌리는 순간.

파지지직!

헬멧으로 뇌전이 실린 주먹이 파고들었다.

"크윽!"

예상치 못한 고통과 함께 전신이 굳는다.

일시적으로 감전 상태가 된 기사는 반격할 새도 없이 연달아 공격을 받았다.

콰앙!

사방으로 요란스럽게 날아가는 파편들.

순식간에 단단하던 갑주 일부가 깊게 패였다.

하지만 온몸을 제압하던 뇌전도 계속 유지되는 것은 아닌지 뒤늦게 행동의 제약이 풀렸다.

"네놈!"

"쯧."

기습한 상대의 정체는 흑발의 인간.

기사는 분노를 토해내며 장도를 좌에서 우로 휘둘렀다.

그제야 인간도 사정거리 밖으로 물러나며 대치 구도가 형성됐다.

"뇌전의 속성도 그리 좋은 건 아니군. 일정 확률로 감전 상태인 것은 제단장의 장갑과 동일하단 말이지."

"무엇을 그리 씨부리는 것이냐. 죽여 버리겠다, 인간!"

"진정해라, 실레노스."

"뭣? 네놈이 내 이름을 어떻게!"

인간, 아니, 용찬의 입가가 크게 뒤틀렸다.

여섯 번째 파수꾼 여명의 기사 실레노스.

회귀 이전에도 상대했던 존재를 어찌 잊을 수 있겠는가.

당시 놈의 손에 죽은 플레이어 숫자만 해도 무려 오십여 명이 넘었다.

"오랜만에 보니 정말로 반갑군. 덕분에 그때의 설욕을 할 수 있겠어."

"……영문을 알 수 없는 말투성이지만 어찌 됐든 좋다. 직접 네놈을 무릎 꿇리고 천천히 알아내 주마."

"과연 그럴 수나 있을지 모르겠군."

코웃음 치긴 했지만 실레노스의 검술은 강력하다. 지금도 질시언과 비슷한 발검의 자세로 검을 움켜쥐고 있었다.

하지만 한 가지 놈이 모르는 게 있다면 이미 자신은 놈의 모든 기술을 알고 있다는 것이다.

[여섯 번째 파수꾼]

[등급:D(히어로)]

[상태:?]

마침 눈앞으로 간략한 상태가 나타난다.

지금부터 나비 계곡의 플레이어들은 진영과 관계없이 손을 잡고 이런 놈들을 상대해야 했다.

'한 놈이 C급이긴 하지만 빠르게 숫자를 줄여놓으면 상대할 만해.'

방해계 기술이 금지되긴 했지만 다행히 추적계와 감지계는 남아 있었다.

용찬은 공명하기 시작한 검신을 보며 카운터를 시전했다.

까앙!

정확히 타이밍에 맞춰 튕겨낸 검날. 아직 E급인 카운터였기에 자신도 피해를 입긴 했지만 상관없었다.

"아니, 내 검술을!"

"놀라긴 이르지."

"하찮은 인간 놈 주제에!"

격분한 기사가 재차 발검을 날렸지만 결과는 같았다.

오히려 용찬은 능숙히 검날을 막아내며 거리를 좁혔다.

대쉬를 통해 가까이 달려들자 푸른 안광이 크게 빛났다.

"아예 어둠에 잠식시켜 주마!"

주변 바닥이 어둠으로 물든다. 성직자를 처리할 때 사용했던 파수꾼 고유의 기술.

하지만.

[)ㅅ(]

어둠의 속성력 또한 대비가 갖춰져 있었다.

급히 달려온 쿨단은 흡수력을 통해 바다의 어둠을 스펀지처럼 빨아들였다.

"무, 무슨?"

"그때와는 좀 다를 거다. 기대해라."

전신으로 퍼지는 뇌전, 뒤에서 호위를 시작한 로드멜과 좌우로 스킬을 흡수하는 쿨단까지.

모든 준비는 갖춰진 상태였다.

용찬은 심장을 파고드는 검날을 피하며 붕권을 시전했다.

콰직!

"크읍!"

적절히 감전 상태가 발동된다.

나름 저항력을 가지고 있던 실레노스는 급히 검등으로 반격을 시도했지만, 이미 용찬의 신형은 보이지 않았다.

퍽!

땅을 짚은 채 턱을 차올리자 놈이 휘청거렸다.

균형이 깨졌단 것은 빈틈이 벌어졌단 의미.

자연스럽게 꺼내 든 E급 마력석이 가루가 되어 흩날렸다.

[차지 어택이 발동됩니다.]

뇌전과 합쳐진 기력과 마력이 오른손에 모여든다. 이미 여러 번 실전을 거치며 스킬 레벨을 올려둔 차지 어택이다.

"인간 노오오⋯⋯."

콰아아앙!

강렬한 폭발음과 함께 시야가 점멸했다.

짙은 연기 속에서 드러난 것은 갑주가 으스러진 채 털썩 주저앉은 실레노스.

"얼른 일어나라. 아직 끝이 아닐 텐데?"

"⋯⋯용서 못 한다. 감히 여명의 파수꾼인 나를!"

돌연 기세가 바뀐 놈의 신형 주위로 어둠이 분출된다.

D급 플레이어들조차 상태 이상에 걸리게 만드는 저주.

하지만 쿨단의 흡수력 또한 D급이었다.

[어둠의 지배가 발동됩니다.]
[흡수력이 발동됩니다.]

상대를 공포 상태로 만드는 어둠의 지배가 허무하게 빨려들어갔다.

용찬은 주저앉은 실레노스를 내려다보며 재차 마력석을 꺼냈다.

"과연 어디까지 견딜지 궁금해지는군."

파수꾼조차 두려움에 떨게 하는 마왕의 미소였다.

이차원의 파수꾼들은 총 7명으로 이루어진 여명의 기사단이다. 본래 다른 세계에 있던 그들은 자신들조차 나비 계곡으로 이동된 이유를 알지 못했다.

단지, 소환된 것으로 추정하며 사냥을 즐길 뿐, 애초에 깊게 생각하지도 않았다. 그것은 회귀 이전에도 그랬고 지금도 마찬가지였다.

털썩.

그땐 정말 사냥당하는 기분으로 도망 다녔다.

6명은 D급 히어로 준보스였고, 나머지 한 명은 C급 보스였기 때문이다.

하지만 그런 놈 중 한 명이 눈앞에서 쓰러졌다.

아니, 정확히는 홀로 실레노스를 처치했다.

[여명의 기사 실레노스가 신의 품으로 돌아갔습니다.]
[고대 언약의 검을 획득했습니다.]
[여명의 목걸이를 획득했습니다.]

단 한 놈에게서 레어급 장비가 두 개나 나왔다. 함께 나온 5만 골드가량의 주머니까지 포함한다면 엄청난 이득.

"저놈들은 E급 플레이어들이었나 보군."

시체를 가볍게 쓸어 본 용찬은 감흥 없는 표정으로 목걸이를 확인했다.

[여명의 목걸이]

[등급:레어]

[옵션:행운 능력치 2 상승, 일정 확률로 힐 관련 스킬의 효율을 증대시킨다.]

[설명:여명의 기사단에서 보급된 백은의 목걸이다. 주로 여명의 교단 내에서 기사임을 입증하는 수단으로 통한다.]

'그 당시엔 누가 이걸 가져갔었지. 파티원 중 한 명이었던 걸로 아는데. 으음, 일단 이건 로드멜에게 줘야겠군.'

나머지 고대 언약의 검도 살펴봤지만 양손 장도였기에 현 바쿤의 병사 중 사용 가능한 자는 없었다. 차후를 생각하며 인벤토리에 집어넣고, 목걸이를 로드멜에게 건넸다.

"저에게 주시는 것입니까?"

"네 치료 기술의 효율을 올려줄 거다. 일정 확률이긴 하지만 쓸 만할 테지."

"감사합니다, 마왕님!"

자연스레 증가한 로드멜의 호감도 및 충성심.

[ㅁㅅㅁ]

곁에서 쿨단이 부러운 눈길로 시샘하고 있었지만, 적당히 무시했다.

그리고 재차 탐색을 시전하며 근처를 살폈다.

"이 주변에는 아무도 없군. 우선 빛의 기둥을 따라간다."

"알겠습니다."

실레노스를 표시하는 빛의 기둥은 사라진 지 오래였다.

분명 다른 파수꾼들도 그것을 눈치챘을 터. 서로 합류를 하기 전에 최대한 숫자를 줄여놔야 했다.

용찬은 곧장 다음으로 가까운 기둥 쪽으로 고개를 돌렸다. 그 순간.

"……설마?"

찬란히 유지되고 있던 서쪽 빛의 기둥이 사라지고 있었다.

플레이어들은 항상 성장을 위해 목숨을 건다.

먼저 소환된 자들이 작성한 가이드가 따로 존재하긴 하지만, 하멜의 모든 필드는 늘 불확실한 요소로 가득했다.

지금 이 상황도 예상치 못한 히든 피스 중 하나.

단지 문제라면 적들이 너무도 강하다는 것이다.

쿠웅!

거대한 덩치의 석상이 쓰러졌다.

무려 몇 차례 도전 끝에 무찌른 이계의 존재다.

"헉, 허억. 다들 괜찮아?"

"끄응. 죽을 것 같지만 아직 죽진 않은 모양이네."

"저희도 간신히 목숨은 건졌어요."

3차 소환 당시 만났던 네 명의 동료, 모두 하멜에 어느 정도 적응된 D급 플레이어였다.

파티의 리더를 맡고 있던 루이스는 안도의 한숨을 내쉬며 바닥에 주저앉았다. 아무래도 탱커 포지션을 취하고 있다 보니 체력 소모가 컸다.

"……그나저나 갑자기 이세계의 파수꾼이라니. 여명 어쩌구거리는 것도 그렇고 도통 이해가 안 되는 놈이야."

"루이스, 내가 예상해 볼 때 이런 놈이 총 다섯 마리는 더 있는 것 같아. 저기 봐. 여기 있던 빛의 기둥이 사라진 반면 나머지 빛의 기둥들은 멀쩡하잖아."

"확실히 그래. 하지만 그렇게 치면 우리처럼 다른 쪽도 한 마리를 처치했다는 의미잖아."

나비 계곡이 요동칠 때 총 7개의 빛의 기둥이 보였다.

하나, 지금은 자신들이 있던 곳과 동시에 동쪽에 있던 빛의 기둥도 사라진 상태였다.

파수꾼에 대해 추측했던 마법사 박만식도 어깨를 으쓱거리는 것을 보아 정확히는 판단하지 못하는 모양이다. 그사이 성직자인 안젤라는 파수꾼 시체 근처에 있던 장비를 쥐며 말했다.

"이거 봐요. 무려 레어급 장비예요!"

"크으. 그래도 죽어라 고생한 보람은 있구만."

"으음, 장비의 종류는 건틀릿 같은데 어쩌실래요?"

언제나 드랍된 장비와 아이템의 정산은 리더의 의견을 거쳐 정해진다.

시선이 모이자 루이스는 피식 웃으며 입을 열었다.

그 순간, 근처에 있던 수풀이 흔들리기 시작했다.

불현듯 느껴진 인기척에 급히 경계 태세를 취하는 파티원들. 후방에 있던 만식은 재빨리 감지계 기술을 사용했다.

[정체 감지가 발동됩니다.]
[마력 방출이 발동됩니다.]

마력이 서로 충돌하며 상쇄된 감지 기술. 동시에 수풀 사이로 세 명의 인영이 모습을 드러냈다.

"다짜고짜 마력 기술이라니. 성대히도 환영해 주는군."

"……당신은 누구십니까?"

수상한 자의 정체는 플레이어로 보였다.

하지만 머더러 혹은 다른 진영일 수도 있기에 파티원들은 긴장을 풀지 않았다. 오히려 미리 스킬까지 준비하며 전투에 임할 자세로 그들을 노려봤다.

그때 중간에 있던 흑발의 청년이 커다란 헬멧을 바닥으로 던졌다.

"누구냐고 묻는 것도 참으로 멍청하군. 굳이 플레이어라고 설명까지 해야 되나?"

"문신을 보이…… 젠장, 문신은 지워진 상태였지."

"어차피 이번 같은 경우 진영은 관계없을 텐데?"

"목적에 앞서 신뢰의 문제입니다. 게다가 머더러일 가능성도……"

루이스의 시선이 자연스레 바닥에 있던 헬멧으로 향했다.

저것이 파수꾼의 장비라는 것은 대충 예상이 갔다.

"배제할 순 없겠죠."

"하긴 그렇기도 하겠지. 머더러 중 일부는 랭커 못지않은 실력을 가지고 있으니까. 하지만 제대로 잘못 짚었어. 론도 5인방."

일순 파티원, 아니, 진영 내에서 론도 5인방이라 불리는 그들이 눈을 깜박이며 서로를 쳐다봤다.

'용찬 님, 저희가 이렇게 만났다지만 언제든 연락을 주십시오. 도움이 필요할 때 반드시 달려가겠습니다.'

대략 희생자는 50여 명. 그중에는 자신들의 동료도 있었지만, 전투가 마무리될 때쯤 루이스는 손을 내밀며 이렇게 말했었다.

비록 소규모 길드인 론도였지만 그 당시 동료들이 간절하던 자신은 손을 붙잡았다. 그리고 며칠이 지나지 않아 그가 사망했다는 사실을 전해 듣게 됐다.

원인은 아마 위기에 처한 파티원을 구하려다 적들에게 당한, 뻔한 패턴이었을 것이다.

그 정도로 놈은 지독하게 정에 약했지만…….

'지금은 입장이 다르지.'

문득 떠오른 회귀 이전 기억에 용찬은 쓰게 웃었다.

지금도 론도 5인방은 그때처럼 편하게 대화를 나누고 있었다.

'그나저나 애초에 실레노스와 이쪽 파수꾼 멘델이 합류했었다니. 그렇다면 저번 생에선 이놈들이 두 명의 파수꾼을 상대로 도망치다가 우연히 날 만난 전개였겠군.'

워낙 혼란스러운 상황이었기에 따로 사정을 못 들을 수밖에 없었다. 퀘스트를 클리어한 후에도 이리저리 충격을 받았었으니 더더욱 그랬을 것이고 말이다.

만약 실레노스를 처치하지 않았더라면 그들은 멘델을 처리하지 못하고 실레노스와 함께 놈을 상대했을 것이다.

'이놈들이라면 D급 히어로급 파수꾼 한 마리 정돈 상대가 가능하니 딱 맞아떨어지겠군. 이것도 내가 관여하면서 바뀐 미래라는 것인가.'

변화를 추구할수록 미래에 많은 영향을 끼치는 것은 당연했다.

그사이 모닥불 앞에 동료들을 앉혀둔 루이스가 천천히 이쪽으로 다가왔다.

"이곳이라면 빛의 기둥이 있던 곳과도 제법 거리가 되니 금방 추적당하진 않을 겁니다."

"안심하진 않는 게 좋아. 직접 부딪혀 본 결과 놈들은 D급 히어로 정도의 수준이었으니까."

"저희도 그 정도는 알고 있습니다. 일단, 그전에 저희에 대해 어떻게 알고 계신지 여쭤봐도 되겠습니까?"

예상대로 의심을 풀지 않고 본론을 꺼냈지만 당황스럽진 않았다. 애초에 진영 내에서 소규모 길드로 여러 던전을 클리어하며 부각을 드러내고 있던 론도 길드다.

같은 진영일수록 그에 대한 소문은 쉽게 접해 들을 수 있었고, 간간히 도시 및 미션 속에서 본 적이 있다고 가장하면 자연스럽게 대답을 꾸밀 수 있었다.

특히 용찬은 회귀 이전 기억을 살려 더더욱 근거 있게 설명했고, 대답을 다 들은 루이스도 별 의심 없이 고개를 끄덕거렸다.

"그렇군요. 확실히 당시 미션에 머더러는 없었죠. 일단 의심을 한 것에 대해 사과드리겠습니다, 경훈 님."

"딱히 사과는 바라지도 않아. 애초에 나도 고용한 NPC들을 데리고 필드에서 사냥을 하다가 우연히 히든 퀘스트에 걸린 것뿐이니까."

"아아, 그러면 저분들은 고용 사무소에서……."

"보다시피 계약까지 해서 파티로 돌아다니던 참이지."

그제야 파수꾼을 잡은 것이 납득된 루이스였다.

'하지만 아무리 D급 용병 NPC라고 해도 한 명은 방패병. 또 나머지 한 명은 힐러로 보이니 저런 파티로 그 괴물 놈들을 잡은 것만 해도 대단하다고 할 수 있겠지.'

눈앞에 있는 자는 낮게 쳐도 D급 중 강자에 속할 것이다.

그 증거로 만식의 감지계 기술도 간단히 저항했던 그였지 않은가. 오히려 이런 상황에선 서로 힘을 합쳐 파수꾼을 처치하는 것이 가장 현명한 선택이었다.

그리고 마침 그런 루이스의 눈빛을 파악한 용찬도 잽싸게 미끼를 던졌다.

"같은 진영이라는 것도 확인됐고, 머더러에 대한 의심도 풀렸을 테니 이만 합류하도록 하지그래?"

"예. 저도 마침 그 생각을 하고 있었습니다. 일단 동료들에게도 한번 물어보도록 하겠습니다."

"편할 대로 해."

그 이후 론도 일행만의 비밀스러운 대화가 이어졌다.

그들이 결정한 선택은 용찬의 도움을 받아 퀘스트를 진행하는 것. 예상대로 합류하는 분위기가 되고 있었다.

용찬은 따로 로드멜과 쿨단에게 추가적인 지시를 내린 후, 론도 일행 전체와 통성명을 하게 됐다.

"이름은 말했다시피 백경훈이다. 직업은 무투가고, 나이는 따로 밝힐 필요 없겠지?"

"힐러 담당인 로드멜이라고 합니다. 잘 부탁드립니다."

[ㅇㅅㅇ]

한 명의 소개가 이상하긴 했지만 나름 방패로 의미는 통했다.

그리고 론도 5인방은 방패병 루이스를 시작으로 마법사 박만식, 성직자 안젤라, 광전사 이토 준치로, 인챈터 신민지까지 각자 포지션을 알리며 자신들을 소개했다.

"일단 저희는 다른 플레이어들과 합류해 남은 파수꾼들에게 대항할 생각입니다만. 경훈 님도 괜찮으시겠습니까?"

"물론 찬성이다. 다만, 좀 반대로 파수꾼들을 처리하면서 플레이어들을 모으는 쪽으로 하지. 똘똘 뭉친다 해도 저런 수준의 놈들을 동시에 상대하긴 벅찰 테니까."

"으음. 확실히 저희만 해도 다수 보스의 레이드 경험은 전무하니까 그쪽이 훨씬 더 좋겠군요."

대충 계획이 잡히자 페널티에 걸리지 않은 지속계 버프들이 시전됐다. 민지의 강화형 버프는 물론 안젤라의 축복형 버프까지 주어졌지만, 용찬은 성직자의 스킬을 거부했다.

"우리 쪽이 이전에 상당히 높은 저주에 걸려서 말이지. 신성력은 아마 안 통할 거야."

"그렇다면 저기 로드멜 씨는?"

"신성력이 아닌 마력의 기운으로 스킬을 발동하는 경우지. 그래서 데리고 다니는 것이기도 하고 말야."

"으음. 그러면 어쩔 수 없이 로드멜 씨는 경훈 님의 전속 힐러를 담당하셔야 할 것 같군요."

어느 정도 던전 및 미션들을 겪어온 그들도 저주에 대해선 알고 있었다. 특히 자신을 상당한 강자로 보고 있어 나름 납득하며 넘어가는 분위기였다.

모든 준비가 끝나자 본격적으로 빛의 기둥을 따라 움직이기 시작했다.

"우선 빛의 기둥이 소환되고 시간이 흘렀으니 감지계 스킬을 쓰면서 홀로 돌아다니는 놈들을 찾아보도록 하죠."

"마력 기술을 잘 활용해라. 내가 만난 파수꾼 놈도 이상한 기술을 다루었……."

"저기, 궁금한 게 있는데요. 왜 자꾸 저희에게 반말을 하시는 거예요?"

강가를 따라 상류 쪽으로 올라가던 차, 안젤라가 불쑥 태클을 걸어왔다.

루이스는 난처한 표정으로 골을 짚었지만 다른 파티원들은 말릴 생각이 없는 모양이었다.

확실히 처음 만난 상대라고 해도 합류까지 한 마당에 계속 반말을 썼으니 기분이 나쁠 만도 했다.

하지만 용찬은 그녀의 순진한 의문에 반응하지 않았다.

"엇. 저 지금 무시당한 거죠. 그런 거죠?"

"……."

"아무리 친하지 않다고 하지만 저희 잠시 동안은 동료인 거잖아요. 네? 그렇죠?"

"……."

유독 갈색 웨이브진 머릿결이 돋보이는 안젤라는 계속 곁에 달라붙어 귀찮게 굴었다.

회귀 이전에도 유일하게 순진했던 그녀의 성격. 현대 용어로 표현하자면 거의 돌직구 타입이었다.

한참 끈질기게 물어대던 안젤라는 금방 제풀에 지쳐 동료들 쪽으로 돌아갔고, 가만히 지켜보던 쿨단은 뒤늦게 감정 표현을 띄웠다.

[ㅎㅅㅎ]

어찌 저리도 발끈하게 만드는 이모티콘이 있을까.

용찬은 순간적으로 뇌전을 발현하려 했지만 이내 참았다.

[탐색이 발동됩니다.]

[일정 사정 범위 내로 탐색 효과가 활성화됩니다.]

최근 들어 레벨 4까지 상승한 감지계 스킬 탐색.

세상이 일순 파랗게 물든 가운데 건너편 나무 사이로 흐릿한 인영이 보였다.

인간이라고 보기엔 너무도 큰 체구다. 게다가 감지된 상대의 모습이 흐릿하다는 의미는 동일한 등급이라도 수준이 높은 존재라는 것.

'저쪽 빛의 기둥에서 벌써 이쪽까지 이동한 건가.'

사냥감을 찾아내자 용찬의 입가가 슬며시 올라갔다.

그리고 마침 만식도 정체 감지를 통해 저놈을 발견했는지 자연스레 자신을 보고 있었다.

"당신도 찾아낸 모양이지?"

"그래. 사냥할 시간이야."

"……어이, 사냥이라니. 이건 장난이 아니라고."

아직 제대로 용찬의 실력을 보지 못한 그는 진지한 표정으로 반박했다.

하지만 용찬은 전신으로 뇌전을 끌어내며 살벌하게 웃을 뿐이었다.

"아, 당연히 장난은 아니겠지. 그래, 네놈 말대로 이건 목숨을 건 사냥이다."

불현듯 드러난 눈빛 사이로 광기가 엿보이고 있었다.

세 번째로 찾아낸 파수꾼은 길쭉한 신체를 가진 창을 든 야만족이었다. 등급은 D급 히어로형 준보스.

날렵하게 생긴 것과 달리 마력을 억제시키며 투창을 던지는 번거로운 전투 방식을 지니고 있었다.

하지만 한 명이 본격적으로 난입하기 시작하자 전투의 양상은 크게 달라졌다.

콰직!

"끄아아아. 아프다. 아프다!"

"다신 창 따위 못 던지게 팔을 분질러 주마."

같은 D급 플레이어인데도 수준 자체가 달랐다.

굉장히 압도적인 실력으로 파수꾼을 제압하고 있는 청년.

'……왜 같은 플레이어에게 두려움을 느끼고 있는 거지.'

'백경훈이란 사람, 보통 D급이 아냐. 랭커 수준이라고.'

'정말 사람이 맞긴 해?'

자신들도 파수꾼 한 명 정도는 잡아내는 실력자였다.

한데 경훈이란 자는 홀로 파수꾼을 바닥에 깔아 눕히더니 이내 야수처럼 놈을 흠씬 두들겨 패고 있었다.

그저 상당한 강자로 예상하고 있던 론도 5인방은 충격적인 광경에 입을 떡 벌렸다.

콰직!

"제, 제발 그만……."

콰직!

"그만……."

콰아아앙!

"……."

몇 차례나 스킬을 시전한 것일까.

몸부림치던 파수꾼의 움직임이 멎었다.

[여명의 창병 약투란이 신의 품으로 돌아갔습니다.]

[약투란의 사슬 창을 획득했습니다.]

[파수꾼의 갈퀴를 획득했습니다.]

마침내 보스 드랍 아이템에 대한 정산 시간이 찾아왔다.

하지만 파티원들은 바닥에 떨어진 사슬 창을 보면서도 함부로 주사위를 굴리지 못했다. 오히려 그들은 경훈과 눈이 마주치자마자 소유권을 포기해 버렸다.

"히끅."

만식의 딸꾹질 소리와 함께 침묵이 깨졌다.

정신을 차린 루이스는 식은땀을 닦아내며 아이템들을 가리켰다.

"저, 저희는 이번 정산을 포기하겠습니다. 아무리 생각해도 거의 경훈 님 혼자 처리하신 것 같군요."

"주는 것이니 마다하진 않겠어. 이것으로 남은 파수꾼은 네 마리로군."

"그래도 이 정도면 충분히 승산이 있지 않겠습……."

"모르는 일이지."

녹색 피로 칠갑된 경훈, 아니, 용찬의 시선이 절로 다른 빛의 기둥 쪽으로 향했다.

'아직은 지켜만 보고 있는 것 같군. 그놈이 움직이기 시작하면 나라도 정면 승부는 무리일 거야. 날이 밝으면 바로 그쪽으

로 출발해야겠어.'

시기상 생존자들은 아직도 숨어다닐 가능성이 컸다. 함께
있는 론도 5인방 또한 나름 숙련자에 속했지만, 추가적으로 두
명을 더 모아야 했다.

그렇게 날이 저무는 가운데 용찬과 일행은 적당한 곳에서
야영을 준비했다.

푸슉!

또 한 명의 사망자가 발생했다.

꼬챙이같은 것에 몸이 관통된 자는 그대로 생명의 불씨가
꺼졌다.

'이건 말도 안 돼. 기껏 여기로 도망쳐 왔는데 왜 난데없이
히든 퀘스트냐고!'

나무 뒤에서 숨을 죽이고 있던 리우청은 억울했다. 드디어
대형 길드의 손에서 벗어나는가 싶었더니 이젠 괴물들이 한바
탕 날뛰고 있었다. 벌써 근처에 있던 플레이어들만 해도 열 명
가량은 죽은 듯하다.

"프뤼켈, 이거 보라고. 여기 인간 놈들도 상당한 진미야."

"관심 없어. 난 오직 사냥을 즐길 뿐. 이렇게 그놈들에게서

벗어나 편하게 사냥을 해보는 것도 엄청 오래간만이라고."

"클클. 그렇긴 하지."

그놈들은 누구고 또 사냥은 무엇이란 말인가. 도통 정체를 알 수 없는 파수꾼들은 마치 플레이어들을 사냥감처럼 여기고 있었다.

'도, 도망쳐야 해.'

로브를 입은 미남자와 임프처럼 생긴 뿔 달린 괴물까지.

D급 히어로형 보스인 두 파수꾼은 난생처음 보는 기술들을 사용했다. 만약 놈들에게 붙잡힌다면 주변의 뜯겨 나간 시체들처럼 처참히 죽고 말 것이다.

리우청은 눈치를 보며 조용히 발걸음을 옮겼다.

타닥!

문득 발에 밟히는 나뭇가지.

아뿔싸 하는 사이 두 파수꾼의 고개가 돌아갔다.

"오호, 아직 살아남은 인간이 있었나?"

"빌어먹을!"

"아하하하! 도망치는군, 도망치고 있어!"

임프처럼 생긴 파수꾼이 박수를 치며 즐거워했다.

위치가 발각된 리우청은 새파래진 안색으로 급히 도망치기 시작했다.

[전력 질주(공용)가 발동됩니다.]

체력 소모가 두 배로 심해지는 대신 일정 시간 동안 이동속도를 올려주는 전력 질주 특성을 사용해 도망쳤다.

서서히 미남자가 공중으로 뜨는 가운데, 죽음에 대한 공포가 가까워져 왔다.

리우청은 최대한 나무들 사이로 몸을 숨기며 도주로를 바꾸었다. 그리고 지그재그 형식으로 시선을 분산시키며 무작정 앞만 보고 뛰었다.

'강가!'

마침 정면으로 옅은 강가가 드러났다.

지형 자체가 훤히 드러나 있긴 했지만 강만 넘어가면 다시 몸을 숨길 수 있을 것이다.

하지만 그 순간, 눈앞으로 미남자가 나타났다.

"어딜 그리 급하게 가는 거냐?"

"이런. 빌어먹을!

놈의 손끝으로 모여드는 붉은 기운을 보며 홧김에 검을 뽑아 들긴 했지만 달리 대항할 수단이 없었다.

'마력 기술이라도 배워뒀더라면!'

뒤늦게 후회가 몰려왔지만 이미 늦은 상태였다.

리우청은 이를 악물고 검술 스킬을 발현해 달려들었다.

[십자 검술(검사 전용)이 발동됩니다.]

[여명의 파동이 발동됩니다.]

일직선으로 쏘아진 적색 빔을 막기 위해 검이 십자로 교차하며 막아보았지만, 위력 자체를 버티지 못했다.

리우청은 점차 뒤로 밀리며 식은땀을 흘렸다.

"실레노스에 비하면 무척 형편없는 검술이군. 이대로 죽어버려."

"젠자아아아아앙!"

검면으로 기력이 흘러들어 갔지만 막아내긴 무리였다.

결국 리우청은 여명의 파동에 관통당하며 그대로 바닥을 나뒹굴었다.

무척 싱겁게 끝난 전투.

미남자는 조소를 흘리며 천천히 그에게로 다가갔다.

"이제 여섯 명째인가. 베고스보다는 앞서고 있……."

피슝!

불현듯 강가로 꽂히는 한 발의 화살.

제대로 반응도 하기 직전에 시야가 점멸했다.

콰앙!

붉은 물결로 번져가는 불길들, 사방으로 강가의 물들이 튕겨지는 가운데, 미남자가 공중에서 모습을 드러냈다.

'정확히 날 노렸어. 또 어떤 놈이지?'

옆구리를 움켜쥐고 있던 리우청은 폭발에 아무런 타격이 없었다.

그 사실을 깨달은 미남자는 급히 파동을 일으켜 주변을 탐색했다.

좌측으로 느껴지는 희미한 심장 박동 소리.

아까 전 화살을 쏜 인간이 틀림없었다.

"가소로운 놈. 죽여주마!"

"후우, 성질도 급하셔라."

산속 한복판으로 연달아 빔들이 쏟아지자 나무 위에 걸터앉아 있던 여인이 강가로 모습을 드러냈다.

뒤쪽으로 머리를 땋은 갈색 머리의 그녀는 쏜살같이 파동을 피해내며 리우청을 등에 업었다.

"크으윽. 당, 당신은?"

"쉿. 통성명은 나중에. 우선 도망쳐야 해요."

생전 보지 못한 플레이어였지만 리우청은 힘겹게 고개를 끄덕였다.

옆구리에서 피가 철철 흐르는 가운데, 물불 가릴 때가 아니란 것을 깨달은 것이다.

그렇게 정체 모를 여인은 그를 업은 채 재빨리 주문서를 찢었다.

[은신 주문서를 사용했습니다.]
[C급 주문서의 효력으로 접촉한 상대까지 은신이 적용됩니다.]

중급에 속하는 주문서가 발동되자 두 명의 신형이 반투명
으로 물들었다.

대부분 파수꾼의 등급은 D급 히어로형.

공중에 떠 있는 미남자가 알아챌 리 만무했다.

놈은 갑자기 사라진 두 명을 눈치채고 파동으로 감지를 시
도했지만 아까 전과 달리 느껴지지 않았다.

"빌어먹을. 어디 간 거야. 어디로 간 거냐고. 베고스 이놈은
또 어디로 가고!"

결국 미남자, 아니, 프뤼켈은 격하게 분노하며 강가 근처를
쑥대밭으로 만들기 시작했다.

그리고 그 틈을 타 건너편으로 돌아간 여인은 뒤를 확인하
며 안도의 한숨을 내쉬었다.

"이 정도면 저희를 쫓지는 못할 거예요."

"······누군지는 모르지만 일단 고맙다고 해두지."

"어머. 그렇게 자존심만 드세면 어딜 가든 환영받지는 못하
실걸요?"

"쿨럭. 상관없……."

고집을 부리던 리우청의 손에 주문서가 쥐어졌다.

출혈로 인해 정신이 흐릿하던 그는 멍하니 여인을 쳐다봤고, 그녀는 고개를 돌려 가볍게 윙크를 했다.

"얼른 써요. D급 힐 주문서예요."

"……."

낯선 자의 선행.

먼저 의심이 들었지만 선택권은 없었다.

리우청은 힐 주문서를 찢어 부상을 치료했고 이내 주변을 살피며 물었다.

"이제 어디로 가는 겁니까."

"갑자기 웬 존댓말. 뭐, 어쨌든 저희가 숨어 지내는 곳으로 갈 거예요."

"숨어 지내는 곳?"

점차 귓가로 폭포수 소리가 들려오는 가운데 여인이 입가를 말아 올렸다.

"파수꾼들에게 대항하기 위한 자들이 모여 있는 곳이죠."

히든 퀘스트가 발동된 지도 이틀이 지났다.

세 마리의 파수꾼을 제거한 일행은 날이 밝자마자 빛의 기둥이 있던 북쪽으로 방향을 잡았지만, 아직까지 생존자는 만나지 못한 상태였다.

그리고 도중 선두에 있던 용찬이 살짝 방향까지 틀어버리자 본 목표에서 더욱 벗어나게 됐다.

"경훈 님, 이쪽은 빛의 기둥이 있는 방향이 아닙니다만."

"네가 직접 생존자들을 찾으며 돌아다니자고 하지 않았었나. 이 근처 지리에 대해선 빠삭하니 군말 말고 따라와라. 마침 적당히 숨어 지낼 만한 곳을 알고 있으니까."

"그, 그런 거라면 잠시 동안이라도 휴식을 좀……."

루이스가 질린 표정으로 뒤 쪽을 눈짓했다.

무리한 강행으로 인해 지쳐 있던 파티원들은 하나같이 숨을 헐떡거리며 따라오고 있었다.

치료술사인 로드멜까지 안색이 창백해진 상태.

"쯧. 어쩔 수 없군. 일단 여기서 잠시 쉬었다 간다."

"……감사합니다."

언제부터 그에게 허락까지 받아야 했던 것일까.

순식간에 일행 사이에서 리더로 자리 잡은 용찬은 가히 철혈 군주나 다름없었다.

그렇게 파티원들은 잠시 동안 모닥불을 피운 채 달콤한 휴식을 취했고, 용찬은 홀로 주변을 살피고 있었다.

"저기 로드멜 씨는 NPC, 아니, 대륙인이시잖아요. 그러면 본래 고향은 어디세요?"

"……아하하하. 오래전에 버림받아 홀로 지내 오다 보니 달리 고향이라 여기는 곳은 없습니다."

"오우, 죄송해요. 제가 괜한 질문을 드린 셈이네요."

"괜찮습니다. 안젤라 씨."

무척 난처한 질문에도 눈치껏 넘어가는 로드멜.

다행히 이런 방면으론 순간 대처 능력이 높은 마족이었다.

하지만 안젤라는 질문을 끝내지 않고, 이번에는 용찬에 대해 서슴없이 물었다.

"저분은 원래도 저렇게 강하셨나요?"

"으음. 최근에 고용돼서 그런 것은 저도 모르겠군요."

"그러면 고용될 당시에도 저런 성격이었겠네요?"

"……잘 모르겠습니다."

감히 자신이 마왕에 대해 평가를 내릴 순 없었다.

로드멜은 안젤라의 질문 세례에 쩔쩔매기 시작했고, 곁에 있던 쿨단은 느긋이 바닥에 누워 그 모습을 구경했다.

[ㅎㅅㅎ]

누가 봐도 이 상황을 즐기는 것으로 보였다.

그사이, 경사진 아랫길을 둘러보던 용찬이 무언가를 발견한 것인지 루이스에게 급히 손짓했다.

"무슨 일이십니까?"

"저길 봐라. 생존자들이다."

"엇, 진짜군요!"

야생 동물의 사체를 들고 어딘가로 향하는 두 명의 플레이어는 따로 숨어 지내는 곳이 있는지 정확히 한 방향으로 달려가고 있었다.

"우선 따라가야겠어."

"알겠습니다."

루이스도 그 뜻을 알아차리고 급히 파티원들을 챙겼다.

그리고 시작된 미행.

앞서가던 두 명은 쫓아오는 일행을 눈치채지 못하고 무작정 달리기만 했다.

쏴아아아아.

점차 들려오는 폭포수 소리를 따라 한참을 쫓아간 끝에 마침내 정면으로 드넓은 계곡이 드러났다.

그제야 안심한 것인지 두 명의 플레이어는 안도의 한숨을 내쉬며 폭포 사이 동굴로 들어갔고, 근처에 자리 잡은 용찬은 일행을 대기시키고 천천히 동굴 쪽으로 접근했다.

푸슉!

발밑으로 꽂히는 한 발의 화살, 그와 동시에 후방으로 접근한 사내가 창날을 목에 들이밀었다.

"허튼짓하면 바로 목이 날아갈 거야. 천천히 손을 올리고 정체를 밝혀."

"아, 물론 뒤에 일행분들도 마찬가지예요."

마침 나무 위에서 가죽 셔츠를 걸친 여인도 모습을 드러냈다. 따로 대기시킨 일행도 들킨 것인지 뒤쪽을 향해 시위를 당기고 있었다.

완전히 두 명에게 포위된 상황.

하지만 용찬은 여유롭게 여인을 올려다봤다.

"스킬이 담겨 있는 특수 화살인가 보지?"

"어머. 눈치도 빠르셔라. 맞아요. 폭발성 효과가 담긴 화살이에요. 일행분들을 위해서라도……."

"쏴라."

"……뭐라구요?"

창을 쥔 사내와 여인의 표정이 동시에 구겨진다.

서서히 동굴에 있던 플레이어들도 튀어나오는 가운데 대기하고 있던 일행들조차 당황하고 있었다.

그럼에도 용찬은 느긋이 입가를 말아 올리며 재차 말했다.

"한번 쏴보라고 했다."

화살촉이 미세하게 떨린다.

워낙 예상치 못했던 대답이었기에 고민이 됐다.

'무엇을 믿고 저러는 거야. 애초에 동료 아니었나?'

수풀에 숨어 있는 파티원들의 표정만 봐도 단순히 연기는 아니다.

정말로 당황한 기색이 역력한 눈빛.

단 한 명만큼은 투구에 인상착의가 가려져 보이지 않았지만 대부분 반응은 같았다.

'그렇다면 저 플레이어의 단독 행위라는 건데. 이거 은근 열 받네. 도발하는 것도 아니고 우리 둘을 제압할 정도로 자신감 이 있다는 건가?'

마음 같아선 저 콧대 높은 자만심을 꺾어놓고 싶었지만 이 내 관두었다.

여인, 아니, 민아는 한숨을 내쉬며 활을 내려놓았다.

그리고 나무에서 내려와 간파 주문서를 꺼냈다.

"관둘래요. 어차피 간파를 통해서 알아보면 그만이니까. 혁 아, 제압해."

"알았어."

혁이라 불린 창기사가 마력을 발현했다.

순식간에 온몸을 조여오는 속박계 마력 기술.

하지만 용찬은 신경 쓰지 않고 민아가 들고 있던 주문서를 확인했다.

'예상대로 자기 등급에 맞지 않는 C급 주문서를 들고 다니는군. 일단 여기까진 기억과 일치한다.'

이전 생에선 살고자 도망치던 도중 찾아낸 임시 거처였다.

마탄의 사수 김민아, 마창사 김혁.

둘의 정보도 맞아떨어지니 더 이상 망설일 필요는 없었다.

[마력 방출이 발동됩니다.]

단숨에 풀리는 속박계 마력 기술에 민아는 화들짝 놀라며 뒤로 물러나려 했지만 이미 늦은 상태였다.

"꺄흑!"

"누, 누나!"

"뒤로 물러나라."

양팔이 뒤로 꺾인 채 목을 잡힌 그녀.

용찬은 섬뜩한 기세를 피우며 천천히 팔에 힘을 주었다.

"누구든 스킬을 쓰는 순간 이 여자는 죽는다. 똑똑히 기억해 둬라."

"젠장. 네 동료들도 우리에게 포위당한 상태라고, 얼른 그 손 놔!"

"상관없어. 저쪽은 편할 대로 해라."

"미친놈!"

대화도 협박도 통하지 않는다.

오히려 역으로 인질이 잡힌 상황이다.

그제야 혁도 인상을 찌푸리며 조금씩 뒤로 물러났다.

"크읍. 다, 당신. 지금 실수하는 거예요. 이럴 때가 아니란 말이에요."

"상황을 잘 알고 있으면서 다짜고짜 위협부터 하는 거냐."

"저희는 그저 머더러를…… 크윽. 애, 애초에 당신들이 미행한 거였잖아요!"

"그래. 언제나 서로를 경계하는 것은 당연하지. 하지만 네놈들은 도가 지나쳤어."

론도 5인방을 둘러싸고 있던 플레이어들이 망설였다.

민아는 현재 무리의 정신적인 지주.

리더가 붙잡힌 이상 쉽사리 행동할 순 없었다.

"우선 간단히 서열 정리부터 해야 할 것 같……."

"으흐흐흐. 재밌어 보이는데 나도 끼워주면 안 될까?"

쿠웅!

언덕길 위로 커다란 괴물이 착지한다.

이 자리에 초청받지 않은 불청객이다.

주변에 있던 플레이어들이 경악하는 가운데, 용찬이 살며시 미소를 띠었다.

"대환영이다. 세 번째 파수꾼."

마치 임프처럼 생긴 뿔 달린 사냥꾼.

기억상 파수꾼 중 가장 치밀하고 악독한 놈이다.

일명 베고스라 불리며 주로 냄새로 플레이어들을 추적해 사냥을 즐겼다.

"아, 전에는 무척 신기했어. 갑자기 모습이 사라지질 않나. 인기척이 지워지질 않나. 찾느라 힘들었다고. 그래도 내가 냄새를 맡을 수 있어서 다행이었지 뭐야. 이것 보라고. 이렇게 사냥감이 잔뜩 모여 있는 곳을 발견하다니. 나는 제법 운이 좋은 놈일 거야."

"서, 설마. 그때부터!"

"그래, 맞아. 네년이었었지. 덕분에 잘 찾아왔다고. 고마워. 으흐흐흐."

베고스의 조롱에 민아가 털썩 주저앉았다.

임시 거처가 자신 때문에 들켰으니 충격이 클 만도 할 것이다.

하지만 론도 5인방과 혁은 희망을 잃지 않고 즉시 전투태세를 취했다.

"역시 발버둥 치려 하는 것은 어디 인간이든 똑같다니까. 이렇게 맛있는 냄새도 나고 말이지. 아, 물론 네놈은 예외. 넌 좀 색다른 냄새가 난단 말야."

"칭찬으로 들으마."

"으헤헤헤. 그래도 입속으로 들어가면 다 맛은 비슷하니까 괜찮겠지. 슬슬 시작해 볼까."

혀를 날름거리던 베고스가 양팔을 높이 치켜들었다.

[여명의 결계가 발동됩니다.]
[악몽의 기운이 발동됩니다.]

미리 사방에 설치되어 있던 유골들이 빛을 뿜어냈다.

일정 범위 내로 플레이어들을 가두는 여명의 결계, 그리고 범위 속 플레이어들의 버프 및 스킬을 억제시키는 악몽의 기운까지.

회귀 전 기억대로 단단히 준비를 해둔 뒤 사냥을 즐기는 놈이었다.

"이것들 설치하느라 꽤 애를 먹었다고. 감지계 스킬이라고 했던가. 만약 도중에 들켰다면 무척 귀찮아졌을 거야."

"……젠장. 분명 시간마다 꼼꼼히 체크하고 있었을 텐데."

"으흐흐흐. 내가 워낙 냄새를 잘 맡아서 요상한 스킬을 쓰는 놈들만 피해서 주변을 돌아다녔지. 자, 즐거운 사냥 시간이다. 미리 말해두지만 악몽의 기운 안에선 너희들의 그 잘난 스킬도 빠르게 사용할 수 없다구. 잘 도망쳐 봐. 아, 물론 도망치는 것조차 무리겠지만 말야."

날개를 펄럭이던 베고스가 뾰족한 손톱을 드러냈다.

혁은 걱정스러운 눈길로 민아를 쳐다보다 이내 놈에게로 돌진했다.

하지만.

"무, 무슨. 왜 스킬이?"

"키헤헤헥. 내가 말했잖아. 스킬 사용이 힘들 거라고!"

창끝으로 모여드는 마력의 속도가 이전 같지 않았다.

그제야 의미를 깨달은 혁은 이를 악물며 베고스의 공격을 막아냈다.

깡! 까앙! 깡!

덩치에 걸맞지 않는 날렵한 몸놀림. 힘겹게 공방을 이어 나가고는 있었지만 점차 밀리는 것이 느껴졌다.

"우, 우리도 합세하자고. 뭉치면 이길 수 있어!"

"그래. 어차피 갇힌 거 차라리 여기서 한 놈이라도 더 줄여 놓는 거야."

"저희 론도 길드도 도와드리겠습니다. 가시죠!"

마침 20여 명의 다른 플레이어도 합류했다.

하지만 본인의 의지대로 스킬이 바로 시전되지 않자 조금씩 불리한 전투가 이어졌다.

"이런. 평소처럼 스킬이 바로 안 나가니 불편해!"

"크헤헤헤. 우선 한 놈!"

"끄아아악!"

점차 희생자가 늘어가는 가운데 베고스의 웃음소리가 메아리치듯 울려왔다.

혁과 론도 5인방은 전력을 다해 놈을 상대하고 있었지만, 엉성한 동작이 반복되며 계속 빈틈이 노출되고 있었다.

게다가 힐과 버프 스킬까지 느려지니 치유를 하기에 앞서 부상이 더욱 늘어나는 상태였다.

그런 광경에 주저앉아 있던 민아는 몸을 벌벌 떨었다.

"이, 이대로 가면 전멸이야. 어떡하지. 어떻게……."

"기다리고 있던 놈은 아니었지만 별 상관은 없겠지."

"무, 무슨?"

파지지직!

가만히 전투를 구경하던 용찬이 천천히 발걸음을 옮겼다.

그와 동시에 즐겁게 플레이어들을 가지고 놀던 베고스의 고개도 돌아갔다.

"킬킬킬. 특이한 냄새. 네놈도 죽으러 오는 거냐?"

"죽이러 가는 거다."

"네가? 나를? 키헤헤헤. 이 광경을 보고도 그런 말이 나올 줄이야. 악몽의 기운 안에선 어차피 네놈도 이놈들과 똑같은 처지라고."

"언제나 스킬보단 기본기를 중요시해야 하는 법이지."

그 말과 함께 용찬의 신형이 사라졌다.

마치 은신처럼 자취를 감추는 효과.

뒤에 있던 민아는 장비의 스킬이란 것을 눈치챘다.

'장비의 스킬은 영향을 안 받는 거였어! 하지만 저놈은 냄새를 잘 맡을 텐데.'

묘한 불안감 속에서 베고스의 큰 코가 움찔거렸다.

"뭐, 뭐야. 왜 놈의 냄새가 안 나는 거야. 특이한 냄새라 기억까지 하고 있었는데!"

"더럽게 킁킁거리지 마라."

"어, 언제 여기까…… 쿠에에엑!"

볼썽사납게 바닥을 나뒹구는 파수꾼, 예상치 못한 일격에 당황할 새도 없이 그대로 타격을 입었다.

지친 기색이 역력하던 주변 플레이어들은 갑작스레 나타난 용찬을 보며 두 눈만 깜빡였다.

"……어이. 아까 기본기 어쩌구 하지 않았어?"

"이건 예외라고 쳐두지."

꼬투리를 잡던 혁이 황당하다는 표정으로 입을 다물었다.

암살왕의 투명화 스킬은 일시적으로 존재 자체를 지우는 효과이기에 냄새 따위 느껴질 리 없었다.

'C급 이상 놈들에겐 통하지 않는다는 게 문제지. 게다가 벽이랑 건물 같은 물체는 통과하지 못하고.'

등급상 차이가 벌어지면 강제적으로 투명화가 풀리기까지 하기 때문에 만능이라고는 볼 수 없었다.

그사이 몸을 일으킨 베고스는 이를 갈며 용찬을 노려봤다.

"네놈 반드시 너부터 잡아먹어 주……."

"누가 일어나라고 했지?"

대쉬를 시전해놓았던 용찬의 신형이 빠르게 점멸했다.

커다란 턱 위로 작렬하는 무릎 차기.

뇌전의 고유 효과까지 발동한 가운데, 베고스의 몸 전체가 감전 상태로 부들부들거렸다.

용찬이 연달아 안면을 가격하며 두꺼운 가죽을 움켜쥐었다.

"차라리 잘됐어. 스킬 따위에 의존하지 않고 죽기 직전까지 두들겨 패주마."

"히, 히에에엑!"

애초에 마왕에게 스킬 페널티는 전혀 효과가 없었다.

플레이어로서의 능력이 상실된다면 역으로 마족의 능력으로 상대하면 되는 법.

특히 고유 특성으로 강화된 육체와 뇌전의 권능은 능력치를 포함해 자체적으로 인간과 차이점을 두고 있었다.

베고스는 벗어나기 위해 반격을 가했지만 소용없었다.

콰직!

고통에 경련하는 갈색 팔.

하단에서 상단으로 깊게 쳐올린 주먹에 뼈가 부서졌다.

"내 손톱, 내 손톱이!"

그다음은 길쭉한 손톱.

"수, 숨이!"

그다음은 불룩 튀어나온 복부.

"키야악! 내 날개가!"

그리고 펄럭거리던 날개까지.

베고스는 입에 거품까지 물며 고통스러워했다.

하지만 용찬은 마저 날개 죽지까지 뜯어버린 후 가는 다리를 으스러트렸다.

"사, 살려……."

"자, 이제 누가 사냥꾼이지?"

가히 파수꾼조차 공포를 심어주는 마왕.

베고스는 대답하지 못하고 그대로 안면을 가격당했다.

[여명의 사냥꾼이 신의 품으로 돌아갔습니다.]

[카바니우스 반지를 획득했습니다.]

[D급 마력석을 획득했습니다.]

보통 D급 플레이어들도 쩔쩔매던 파수꾼이 죽었다.

그것도 사지가 모두 뜯겨 나간 채로 말이다.

한참 동안 놈을 두들겨 패던 용찬은 아무도 건드리지 않는 장비를 챙기며 자리에서 일어났다.

"……."

제자리에서 굳어버린 플레이어들 그 누구도 먼저 입을 열려 하지 않았다.

'우리가 저런 놈을 위협하려 했단 말이야?'

'괴물이야. 랭커 수준이라고. 혹시 대형 길드에 속한 플레이어가 아닐까.'

'뇌전을 다루는 무투가라니. 들어보지도 못했어!'

서서히 무리 내에서 누가 강자인지 인식이 되기 시작했다.

기존 리더였던 민아와 혁 또한 아직까지 충격에서 벗어나지 못한 상태.

용찬은 주위 시선들에 흡족해하며 재깍 선언했다.

"이제부터 내가 무리를 이끈다. 불만은 없겠지?"

"……."

침묵은 긍정의 표현이기도 하다.

이것으로 파수꾼을 처리할 모든 준비는 갖춰졌다.

다만 한 가지 의문이라면 본래 이곳에 왔어야 할 프뤼켈 대신 베고스가 왔다는 것이다.

'기억대로라면 프뤼켈이 김민아를 쫓아 이 임시 거처에 왔어야 했는데. 혹시 무언가 달라진 게 있는 건가.'

문득 폭포수 안쪽 동굴로 플레이어 한 명이 보였다.

여태껏 숨어 있었던 것인지 몰래 지켜보는 모양새다.

'……저놈은 어디선가 봤던 것 같은데.'

잠시 기억을 더듬었지만 금방 떠오르지 않았다.

결국 용찬은 주변 상황부터 정리하며 지시를 내렸다.

"다들 짐을 싸라. 곧장 파수꾼을 찾으러 떠날 거다."

"자, 잠시만요. 아무리 그래도 아직 파수꾼은 세 마리나 남아 있다구요!"

그새 정신을 차린 것인지 민아가 따지고 들었다.

하지만 용찬은 오히려 론도 5인방과 무리의 플레이어들을 가리키며 대답했다.

"잘됐군. 내가 한 놈, 저쪽 파티가 한 놈, 그리고 너희들이 한 놈. 각각 한 놈씩 맡으면 되겠군."

"……무슨 말도 안 되는."

"왜 말이 안 되지. 실제로 저쪽 론도 5인방은 자기들끼리 파수꾼 한 마리를 잡아낸 전적이 있어. 이번 전투도 저놈이 디버프를 걸지 않았더라면 충분히 너희들끼리 잡아낼 수 있었을 거다."

"하, 하지만!"

"그리고 넌 리더의 자격이 없어. 위치가 발각됐다고 해서 자책부터 하는 꼴이라니. 한심하기 짝이 없군."

단박에 민아가 입을 다문 채 고개를 떨구었다.

확실히 누구의 죄를 묻기 전에 일찍 베고스를 처리하고 자리를 옮겼다면, 다른 파수꾼들이 몰려오기 전에 몸을 피할 수 있었을 것이다.

그는 충격에 빠져 아무것도 하지 못한 리더에 불과했다.

"누나, 우리는 그렇게 생각 안 해. 너무 저 자식 말에 귀 기울이지 마."

"……아냐. 저 사람 말이 맞아. 나는 그저 파수꾼을 두려워하며 몸만 사리고 있었을 뿐이야."

이제는 역으로 플레이어들이 움직여야 할 시간이었다.

그렇게 민아는 용찬을 리더로 인정했고 혁도 어쩔 수 없이 그를 따르게 됐다.

무리의 플레이어들은 즉시 짐을 꾸리기 시작했고 얼마 되지 않아 폭포수 바깥으로 모여들었다.

그사이 론도 5인방의 리더였던 루이스는 전의 일을 떠올리며 용찬에게 다가갔다.

"혹시 막 도착했을 때 하셨던 말, 진심이셨습니까."

"무슨 뜻이지?"

"화살을 쏴도 된다고 하셨던 말씀 말입니다."

만약 민아가 화살을 쐈더라면 자신들은 그대로 피해를 입었을 것이다.

동굴에서 튀어나온 무리까지 생각한다면 단순히 도발한 것으로 보이지 않던 상황이었다.

용찬은 그제야 질문의 의도를 깨닫고 피식 웃었다.

"이제 와서 그런 게 뭐가 중요하지?"

"뭐가 중요하다니. 설마 그때 진심이셨던 것……."

"착각하지 마라."

파랗게 물든 하늘로 점차 비구름이 몰려왔다.

마치 소나기처럼 쏟아지는 빗물 속에서 용찬이 말했다.

"단순히 동료 놀이나 하려고 너희들과 합류한 게 아니야. 오직 살아남기 위해서지. 현실을 못 깨닫고 계속 정이나 주고받을 거면 그렇게 하도록 해."

"……."

"물론 남한테 강요하지 않는 선에서 말이지."

깊게 말뚝까지 박아버리자 루이스도 더 이상 입을 열지 않았다. 하멜에서 생존해 오며 이런 상황을 몇 차례 정도 겪었을 테니 그도 알고 있을 것이다.

'흔히들 저희를 보고 위선자라고 하더군요. 그럴 때마다 씁쓸하기도 하지만 내심 이게 현실인 것 같다고 느끼기도 합니다.'

문득 회귀 이전 루이스가 떠올랐다.

용찬은 묵묵히 그를 놔두고 언덕길 위로 올라갔다.

[지배자의 눈이 당신을 주시하고 있습니다.]

비구름 사이로 드러나는 커다란 눈.

아까 전까지 보이지 않던 감지계 스킬의 형상이었다.

'……드디어 놈이 움직이는군.'

몰아치는 비바람 속에서 폭풍 전야를 알려오고 있었다.

[남은 플레이어 수:25명]

영문을 알 수 없는 메시지가 눈앞에 아른거린다.

플레이어 고유 시스템이라고 했던 것일까.

친절히 익숙한 언어로 표시까지 해둔 목표치였다.

"하멜, 재밌는 곳이야."

바위에 걸터앉은 사내가 콧노래를 부르며 손바닥에 펼쳐진 제3의 눈을 확인했다.

여명 기사단 내에서도 오직 자신만이 사용할 수 있는 지배자의 눈.

이미 동료 네 명이 당한 가운데 남은 사냥감들의 위치가 하나둘씩 확보되고 있었다.

"칫. 베고스 놈. 어디로 사라졌나 했더니 몰래 사냥감들을 독식하려다 뒈진 모양이군. 꼴좋다. 개자식."

"어이, 어이. 그래도 같은 기사단원이었잖아. 너무 좋아하는 거 아냐?"

"매번 사냥감을 뺏던 자식이야. 슬퍼할 이유가 없잖아."

주변을 정찰하고 돌아온 프뤼켈이 이를 드러내며 웃었다.

확실히 그의 말대로 이동된 직후 자신들은 간만의 사냥을 즐기고 있는 상태였다.

물론 강제로 목적을 완수해야 된다는 점은 마음에 안 들었지만 하멜의 시스템은 거부조차 불가능했다.

게다가 이전처럼 쫓겨 다니며 사는 것보단 이 세계가 훨씬 즐거울 것이다.

사내는 어깨를 으쓱이며 바위에서 내려왔다.

"좋아. 정리해 보자면 이런 거군. 우리는 놈들에게 쫓기다가 우연히 이곳으로 이동되었고, 이 세계의 강제력 때문에 거부도 못 하고 플레이어들을 처리하는 임무를 맡았다."

"마음에 안 들어. 감히 우리 여명의 기사단에게 지시를 내리다니."

"뭐, 이 세계의 법칙이니까 어쩔 수 없지. 발터는?"

"슬슬 올 건…… 아, 저기 왔네."

마침 수풀 사이로 육중한 덩치의 괴물이 걸어 나왔다.

자신의 몸집보다 몇 배는 큰 방패를 거머쥔 인간 형체의 녹색 괴물. 네 번째 파수꾼이라고도 불리는 발터는 흉흉한 안광을 드러내며 깊게 고개를 숙였다.

"확인해 본 결과 전부 한 놈에게 당한 것 같습니다."

"오호. 그거 재밌어지네. 플레이어 놈들, 분명 신기한 기술들을 썼었지. 여명 기사단원 세 명을 잡아낼 실력이면 충분히 흥이 나겠어."

"어떻게 하시겠습니까?"

남은 두 파수꾼의 시선이 한데 모였다.

한때 일부 세계에서 악명을 떨친 여명의 기사단.

비록 네 명이나 전사한 상태였지만 전혀 불안하지 않았다.

오히려 이 상황을 모두 즐기고 있었다.

마침내 유독 천진난만한 얼굴로 즐거워하던 사내가 드디어 입을 열었다.

"슬슬 저쪽도 움직이는 것 같은데 우리도 움직여 보자고. 본격적인……."

파수꾼들의 수장, 여명의 교단을 통틀어 가장 월등한 힘을 가졌던 기사단장이 서쪽을 가리켰다.

"사냥 시작이다."

쏴아아아.

수십 명의 무리를 이끌고 강행한다는 것은 쉽지 않았다.

비로 축축해진 땅, 험준한 산속 지형들.

그리고 곳곳에서 몰려오는 몬스터들까지.

'뭐가 어떻게 되고 있는 거야. 이제야 살았다 싶었더니 갑자기 랭커 같은 놈이 튀어나와서 되레 파수꾼을 잡는다고 하고. 젠장, 되는 일이 하나도 없어.'

베고스가 난입했을 때도 숨어서 구경만 했던 리우청은 불편하기 그지없었다.

지금도 선두의 무투가는 물론 주변 플레이어들의 눈치만 보고 있지 않은가.

간간히 경훈이란 자와 눈이 마주칠 때도 속이 철렁거릴 수밖에 없었다.

'그나저나 쟤들은 분위기가 왜 저래.'

누나가 붙잡혔던 혁이야 이해가 됐지만 함께 온 론도 5인방까지 반감 어린 시선으로 새 리더를 쳐다보고 있었다.

그리고 마침 민아가 조심스레 경훈에게로 다가갔다.

"혹시 정령과 계약하신 건가요?"

"속성력 때문에 묻는 건가."

"여태껏 뇌전을 다루는 무투가는 들어보지 못했어요. 정령과 계약 했거나 혹은 친화력 능력치가 상당히 높다거나. 뭐 그것도 아니면 스킬이나 특성으로 속성 관련 기술을 얻었다거나 그런 것 아닌가요?"

하멜에서 속성력을 다루는 방법은 그녀가 말한 대로 세 가지다.

다만 정령과 계약하는 것은 정령사가 아니고선 어려웠고, 친화력 능력치가 높아도 속성 자체를 깨우치긴 힘들었다.

그래서 일부 랭커도 아예 스킬 북 및 특성 북으로 관련 기술들을 얻지만 마왕의 권능은 그와 거리가 멀었다.

'의외로 깊숙이 파고드는군. 확실히 이 시기쯤이면 속성력을 다루는 무투가는 별로 없겠지. 특히나 뇌전의 속성력이니 더욱 그럴 테고.'

지금 민아의 눈에 자신은 타 진영 랭커, 혹은 길드에 속한 실력자로 보일 가능성이 컸다.

하지만 퀘스트로 인해 문신이 지워진 상태였기에 정체를 파악한다는 것은 쉬운 일이 아니었다.

경훈, 아니, 용찬은 손가락 끝으로 가볍게 뇌전을 피워내며 답했다.

"최근에 우연히 얻은 특성일 뿐. 정령과는 아무런 관련이 없어."

"……속성력 관련 특성이라니. 운이 좋으셨나 보네요."

단숨에 납득하는 눈치는 아니었지만 나름 사정이 있다고 여긴 것인지 더 이상 파고들지 않았다.

오히려 민아는 목에 찬 머플러를 몰래 곁눈질하며 길드를 떠올렸다.

'어디 진영인지는 모르겠지만 길드에서 아이템이나 장비 등을 지원받는 사람일 수도 있어. 성격이 좀 그렇긴 하지만 지금 무리에 이 사람이 있는 게 다행이야.'

어쩌면 이름조차 가명일지 모른다.

다만 지금은 정체를 의심하기보단 그의 도움을 받아 이 상황을 헤쳐 나가는 것이 중요했다.

홀로 파수꾼을 농락할 정도의 실력.

이전까지만 해도 놈들에 대해 두려워하기만 했지만 용찬과 함께라면 남은 세 마리도 충분히 처치가 가능할 것이다.

민아는 그렇게 믿었고, 용찬 또한 그런 그녀의 의중을 대충 파악하고 있었다.

'충분히 퀘스트를 클리어할 수 있을 거라 믿고 있나 보군. 확실히 세 마리밖에 남지 않았지만 그놈들은 좀 다르지.'

애초에 베고스는 미리 저주를 준비하고 사냥을 즐기는 타입이다. 근접전 자체에 취약할뿐더러 보통은 다른 파수꾼과 함께 다녔기에 처치가 가능했지만, 이제부터 상대할 파수꾼들의 중심엔 그놈이 있었다.

용찬은 회귀 이전 기억을 떠올리며 플레이어들에게 감지계 스킬을 지시했다.

"동서남북으로 각각 한 명씩 흩어져 포진한 뒤 마력석으로 스킬 범위를 넓혀라."

"저, 저기 리더. 차라리 빛의 기둥 근처를 살피는 게 낫지 않을까. 이렇게 넓은 나비 계곡에서 언제 놈들을 찾을 줄 알고 추적을……."

"멍청한 소리군. 추적당하고 있는 건 우리다."

다른 의견을 제시했던 플레이어가 멍하니 고개를 갸웃거렸다. 그 순간, 구름에 가려졌던 커다란 눈이 드러났다.

"뭐, 뭐야. 저 징그러운 눈은?"

"우리 쪽을 쳐다보고 있는 것 같은데, 설마 파수꾼 놈들의 스킬인가?"

"그렇다면 계속 추적당하고 있었단 거잖아. 빌어먹을."

그제야 경각심이 솟은 자들이 급히 사방을 두리번거렸다.

필드 전체 시야를 확보하는 지배자의 눈. 어제부터 활성화된 기술은 시시각각 무리의 움직임을 주시하고 있었다.

"엇. 저, 정면으로 존재가 포착됐습니다!"

마침 감지계 스킬을 쓰던 한 명이 파수꾼 한 명을 발견해 냈다.

쿠구구구구궁!

그와 동시에 주변 일대가 흔들리기 시작하더니 이내 나무들을 헤치며 괴물이 모습을 드러냈다.

"젠장. 내가 막아볼…… 컥!"

스킬을 시전했던 방패병 한 명이 나가떨어졌다.

플레이어들은 매서운 기세로 돌진해 온 놈을 보며 지레 겁을 먹었고, 뒤늦게 용찬의 지시가 떨어지며 본격적인 전투가 벌어졌다.

"김혁을 중심으로 방패병들은 정면을 맡아라. 김민아 너는 원거리 계열 플레이어들과 함께 지원 사격을. 그리고 론도 5인방과 나머지 근거리 계열 플레이어들은 좌우를 노려."

"아, 알겠어요!"

"칫. 말하지 않아도 안다고."

마탄의 사수와 마창사의 조합. 마력을 토대로 스킬을 시전하는 두 남매는 속박계 기술을 시작으로 마법 저항력이 약한 놈들에게 강력한 위력을 선사했다.

까앙! 깡!

그 증거로 거대한 덩치의 녹색 괴물은 혁의 창을 까다로워했고, 틈틈이 날아오는 화살들을 막아내며 인상을 구겼다.

"귀찮은 마법 기술……."

콰앙!

정확히 안면에 직격한 폭발성 화살은 네 번째 파수꾼 발터에겐 쥐약이나 다름없었다.

'역시 마법 저항력이 약한 저놈에게 김민아와 김혁은 무척 효율적이군. 하지만 아직 안심하긴 이르지.'

아무런 생각 없이 무작정 달려들 놈이 아니다.

용찬은 미리 쿨단을 곁에 대기시켜놓고 발터를 주시했다.

그사이 안젤라와 민지가 지속계 버프를 시전하며 플레이어들의 능력치 및 위력을 증가시켰고, 다른 자들도 아이템들을 쓰며 전투의 우위를 점하기 시작했다.

[마령창격이 발동됩니다.]

푸른 기운이 담긴 창이 급소를 노리고 쇄도했다.

그 순간, 웅크리고 있던 발터가 주변 플레이어들을 밀치며 고함을 내질렀다.

"크아아아아!"

[피어가 발동됩니다.]
[범위 내에 있던 플레이어들의 기절 상태에 걸립니다.]

D급 수준에 달하는 상태 이상 기술. 일부 저항력을 가진 자들을 제외하고 모조리 움직임이 멎었다.

"이놈들, 하나도 빠짐없이 박살 내주마!"

드디어 발터가 땅을 쾅쾅 내리찍으며 교단의 기술을 사용했다.

단숨에 움푹 파이는 바닥.

[독무가 발동됩니다.]

크레이터 위로 짙은 독 안개가 형성되기 시작했다.

"이때다, 쿨단."

[)ㅅ(]

환풍기가 켜진 듯 쿨단에게 빨려 들어가는 독기.

실레노스 때와 마찬가지로 아슬아슬하게 적의 기술들을 흡수하고 있었다.

'빨아들일 수 있는 양에 한계가 정해져 있긴 하지만 이 정도면 충분하겠어.'

하멜의 모든 스킬 및 특성들은 효율이 좋을수록 페널티가 따른다. 쿨단의 흡수력도 계속해서 사용할 순 없었지만 이미 발터의 독 안개는 모조리 사라진 상태였다.

"아니, 내 독무가?"

"지금이다. 김민아."

"아? 네, 네!"

멍하니 쿨단을 바라보던 민아가 재깍 화살을 발사했다.

화르르륵!

쏟아지는 빗속에서도 꺼지지 않고 퍼져 나가는 불길.

마법 저항력이 약하단 것을 눈치채고 시전한 지속계 화속성 스킬이었다.

뒤늦게 기절 상태에서 풀려난 자들은 최대한 거리를 둔 채놈을 압박하기 시작했고, 전투의 흐름이 넘어온 것을 확인한 용찬은 즉시 마력석들을 꺼내 들었다.

[탐색이 발동됩니다.]

[일정 사정 범위 내로 탐색 효과가 활성화됩니다.]

무려 E급 마력석이 10개나 소모된 감지계 스킬.

사방이 파랗게 물든 가운데 머나먼 거리에서부터 다른 존재가 감지됐다.

'그쪽에 있었나.'

애초에 파수꾼 한 명만 홀로 보낼 리 없었다. 따로 한 명을 더 대기시켜놓고 양쪽에서 피해를 입히려 했을 터.

아마 지금쯤 위험한 상황인 것을 인지하고 미리 스킬을 준비하고 있을 것이다.

'그렇게 둘 순 없지.'

쿨단과 로드멜을 무리에 합류시킨 용찬은 천천히 입가를 말아 올렸다.

그사이 곁에서 화살을 쏘고 있던 민아는 고통스러워하는 발터를 보며 고개를 돌렸다.

"슬슬 마무리를 해도 될…… 어, 어라?"

휑한 빈자리.

아까 전까지만 해도 곁에 있었던 리더가 보이지 않았다.

기대감에 부풀어 있던 민아는 멍하니 쿨단을 쳐다봤다.

하지만.

[?ㅅ?]

그조차 모르는 눈치였다.

🜋

'뭐야. 예상과 달리 일방적으로 당하고만 있잖아. 도대체 어떻게 된 거야.'

기사단 내에서도 강철의 육체라고 소문이 자자한 발터다.

주 기술인 독무를 포함해 갖가지 제압용 기술을 가졌기에 금방 결판이 날 줄 알았건만, 오히려 역으로 궁지에 몰린 상황이 되고 말았다.

반대편에서 대기하던 프뤼켈은 두 명의 마력 스킬에 꼼짝달싹 못 하는 발터를 보며 인상을 구겼다.

'그러고 보니 저 마력이 담긴 스킬들, 분명 이 세계에 온 뒤

로 발터가 끔찍하게 싫어했지. 슬슬 움직여야겠어.'

본래 자신의 주 목적은 놈들의 허점을 찌르는 것. 미리 파동을 통해 감지계 범위를 파악해 놨으니 걸릴 턱이 없었다.

게다가 지금은 한창 발터를 제압하기 위해 분주한 상황.

프뤼켈은 판단을 마치고 즉시 손끝으로 적색 기운을 끌어모았다.

'우선은 저 마력 화살을 쏘는 인간 여자부터.'

첫 번째 표적은 나무 위에 올라가 있던 김민아였다.

하지만 여명의 파동은 빛을 발하지 못하고 사그라들었다.

콰직!

"커억!"

불현듯 옆구리로 파고드는 주먹.

마치 내장이 뒤틀리듯 몰려오는 고통에 프뤼켈은 피를 왈칵 토해냈다.

"용케 숨어 있었군, 프뤼켈."

"어, 어떻게?"

"파동을 끌어모으는 동안 다른 감지 기술을 사용하지 못한다는 것을 내가 모를 줄 알았나?"

휘둥그레진 두 눈 안으로 흑발의 청년이 들어왔다.

전신에서 강렬한 뇌전을 뿜어내고 있던 그는 로브 자락을 움켜쥔 채 그대로 공중에서 낙하했다.

그리고 연달아 안면을 강타하며 순식간에 우위를 점했다.

"그래서 네놈들의 리더는 어디 있지?"

"끄아아아악!"

"얼른 말해. 양팔 모두 박살 나고 싶지 않다면."

천천히 꺾이는 오른팔. 바닥에 머리를 박힌 채 제압당한 프뤼켈은 절로 소름이 돋았다.

'이놈이 어떻게 기사단장님을 알고 있는 거지. 아, 아니, 그것보단 이대론 당하고 말 거야!'

어떻게든 몸부림을 치려 했지만 소용없었다.

오히려 팔로 밀려오는 고통만 심해질 뿐이었고, 전신에 휘감긴 뇌전을 벗어날 순 없었다.

-오호. 예상보다 강한데.

문득 뇌리로 전해 들려오는 익숙한 목소리.

이 상황을 모면할 구원자의 전음이었다.

'구경만 하지 말고 얼른 도와줘, 단장!'

-어쩔 수 없지. 틈을 만들어줄 테니 빠져나가 보라고.

그 말과 함께 주변 일대가 움푹 가라앉았다.

단숨에 대지로 작렬하는 엄청난 중력감.

오른팔을 움켜쥐고 있던 청년은 그대로 바닥에 주저앉았고, 몸이 자유로워진 프뤼켈은 그 틈을 타 공중으로 날아올랐다.

"좋아. 지금이라면 이 자식을……."

-헛소리하지 말고 내가 말해주는 위치로 놈을 유인해.

"하, 하지만 저런 상태인데!"

-지금 내 말을 거역하는 거냐, 프뤼켈?

전신으로 거부할 수 없는 압박감이 밀려온다.

분명 상대를 처리할 수 있는 절호의 기회였지만, 감히 자신이 기사단장의 명령을 거역할 순 없었다.

프뤼켈은 입술을 깨물며 등을 돌렸고, 전신을 짓누르던 중력이 사라지자 청년도 혀를 차며 재차 따라붙었다.

-거봐. 저 자식 분명 네가 공격하길 기다리고 있었던 거라니까.

'젠장. 젠장. 젠장!'

마침내 숨 막히는 추격전이 벌어지기 시작했다.

⸸

한편, 전투가 빗발치는 나비 계곡과 달리 마계 위원회 내부는 고요하기만 했다.

'그 건방진 자식의 서열이 올라가고 있어. 픽스를 이길 때만 해도 70위대에서 머물다 다시 떨어질 줄 알았건만!'

평가전의 우승을 시작으로 연달아 60위대 마왕들을 이기며 62위에 올라선 헨드릭 프로이스. 경기 도중 권능을 각성한 것은 물론 최근에 바쿤의 등급까지 D급으로 오르며 엄청난 상승세를 보이고 있었다.

그러다 보니 강경파 내부에서도 놈에게 관심을 보이는 위원들이 나오기 시작했는데, 일부는 그와 함께 다니던 마족도 포함되어 있었다.

겐트는 치밀어 오르는 분노를 참아내며 고민했다.

'그나마 가문의 땅을 요구하지 않고 젬과 골드만 가져가서 다행이긴 하지만 아무래도 안 돼. 더 이상 그놈의 아들이 주목받는 것은 지켜볼 수 없어.'

아버지나 아들이나 하나같이 마음에 안 드는 족속이었다.

이대로 간다면 차후에 더욱 서열이 높아져 쉽사리 건드리지도 못할 터. 60위대인 지금 무언가 수를 써야 했다.

"겐트, 자네도 들었는가. 61위 마왕 존투스가 헨드릭에게 선전포고를 했다고 하더군."

"뭣? 그게 정말 사실인가?"

"방금 위원회 측으로 보고가 떨어졌네. 하지만 헨드릭 프로이스가 자리를 비운 관계로 서열전은 늦춰질 것 같네만."

복도에서 걸어온 수뇌부 측근 위원이 달가운 소식을 전해왔다. 고민에 사로잡혀 있던 겐트는 이내 인상을 활짝 펴며 머리를 굴렸다.

마왕이 자리를 비웠으니 서열전 일정도 저절로 뒤로 밀릴 것이다.

하지만 누군가의 입김만 있다면 일정에 약간 오차가 생길 수도 있는 일이었다.

"내 말이 무슨 뜻인지 알고 있을 거라 생각하네, 겐트."

위원, 아니, 마계 위원회 내에서 자신과 동일하게 프로이스 가문을 증오하는 라원 플라그가 입가에 미소를 보였다.

모를 리가 있겠는가.

함께 강경파에 속해 여태껏 펠드릭을 견제해 왔는데, 그가 말하는 속뜻이 무엇인지는 바로 짐작이 갔다.

겐트는 음침한 웃음을 흘리며 지팡이를 만지작거렸다.

"그렇지. 당연히 알고 있네. 단숨에 60위대로 오른 마왕과 한동안 60위대를 유지하던 마왕과는 엄연히 차이가 있는 법이지. 클클."

"역시 겐트 다이러스 자네다워. 일단 강경파 위원들을 몇 명만 따로 모아주게. 아무래도 우리가 서열전을 담당할 수 없을 것 같으니 다른 한 명을 포섭해 둬야 할 것 같아."

"그런 것이라면 나에게 맡기게."

"좋아. 나머진 알아서 진행하도록 하겠네. 부탁하지."

가장 중요한 것은 이번 서열전의 일부를 담당하는 권리.

수뇌부를 미리 설득하기 위해선 갖가지 준비가 필요했다.

라원은 사전 작업을 위해 곧장 자리를 떠났고, 홀로 남은 겐트는 지팡이를 탁탁 두들기며 입꼬리를 말아 올렸다.

"클클클. 이래야지. 당연히 이렇게 되어야 했어. 헨드릭 프로이스 자식. 기껏해야 망나니였던 놈이 주제도 모르고 날뛰고 있는데 어떻게 가만히 있을 수 있겠어."

점점 프로이스 가문에 대한 원한이 마왕에게로 집중된다.

두 차례 놈과의 대면을 통해 증오는 더욱 깊어졌고, 사소한 감정들이 쌓여 남겨진 앙금들을 자극했다.

겐트는 품에서 수정구를 꺼내 강경파 위원들에게 통신을 돌렸고, 곧 그가 원하는 대로 위원들이 몰려들기 시작했다.

"통신을 통해 대충 듣긴 들었네만. 정말 사실인가?"

"확실히 헨드릭이 자리를 비운 상태라면 우려할 만한 상황도 벌어지지 않겠지."

"그래서 존투스와도 따로 접촉할 예정이십니까?"

모두 하나같이 탐욕이 맺힌 눈빛이다. 서열전 사이에서 오가는 콩고물이라도 주워 먹기 위해 모여든 들개들.

'이런 멍청이들을 이용하면 일은 무척 쉬워지지.'

서서히 창가에 비친 겐트의 그림자가 거대해지고 있었다.

그날, 바쿤과 라우쳐의 서열전이 정식으로 승인됐고 예정보다 빠른 일정으로 각 마왕성에 소식이 전해졌다.

우우우웅.

문득 품속에서 수정구가 반짝거렸다.

아무래도 그레고리에게 통신이 온 듯했지만 제한 페널티 때문에 받는 것은 불가능했다. 오히려 지금은 아슬아슬하게 도망치고 있는 파수꾼을 쫓는 게 급선무였다.

'속이 뻔히 들여다보이는군. 날 유인하려는 속셈인가.'

최종적인 목적은 자신을 붙잡아놓는 것.

다만, 용찬은 호락호락한 상대가 아니었다.

[부비 트랩이 발동됩니다.]

대쉬를 사용하는 도중 함정을 밟은 것일까.

발밑에서부터 폭발이 일어났다.

순간 프뤼켈의 인상이 환해졌지만 깔끔히 폭발의 범위에서 벗어나며 인상은 다시 구겨졌다.

"빌어먹을. 분명 네놈은 감지 못 할 함정이었을 텐데!"

"쓸데없는 짓을 하는군. 미리 사방에 함정들을 깔아놓은 것을 보면 그놈도 준비를 단단히 했나 본데. 이런 게 통할 거라 생각했나?"

"크읍. 망할 인간 자식!"

대놓고 욕을 지껄이면서도 재차 도망치는 파수꾼.

용찬으로선 절로 헛웃음이 흘러나왔다.

그 이후로도 계속 추격전은 이어졌지만 곳곳에 깔린 부비 트랩은 효과를 보지 못하고 그대로 터져 나갔다.

'확실히 탐색 스킬로 C급 부비 트랩은 감지가 되지 않지만 애초에 피할 필요도 없지.'

여명 기사단장이 주로 다루는 함정들은 제각기 장단점이 존재했다. 특히 이런 부비 트랩의 경우 하체보다 상체를 먼저 움직일 시 폭발하는 시간이 약간 늦춰졌다.

쾅쾅쾅쾅!

연쇄적으로 폭발하는 함정과 함께 주변을 지나가던 몬스터들이 터져 나갔다. 그리고 마침 커다란 나무 사이를 지나가던 도중 일자로 가느다란 선이 앞을 가로막았다.

'이번에는 와이어 트랩이군. 이젠 기사단이라고 보기도 힘들겠어.'

회귀 이전에도 생각했던 것이지만 실레노스를 제외하곤 전부 기사로는 보이지 않았다.

주로 함정들을 다루는 여명의 기사단장은 파수꾼 중 가장 번거로운 전투 방식을 추구했지만 상관없었다.

쩌저적. 쿵!

이런 함정들 따위 지겹도록 겪어봤으니 말이다.

용찬은 와이어가 걸린 나무를 아예 박살 내며 그대로 직진

했다.

[화살 트랩이 발동됩니다.]
[부비 트랩이 발동됩니다.]
[구속 트랩이 발동됩니다.]

다양한 종류의 함정들 속에서 지친 기색 하나 없이 추적을 이어가는 플레이어.

황급히 도망치던 프뤼켈로선 혀를 내두를 정도였다.

'정말 인간이 맞긴 한 거야? 다른 플레이어란 놈들과 아예 수준이 다르잖아!'

하멜로 이동되기 전 세계에서 인간은 그저 한낱 사냥감에 불과했다. 한데 이곳은 전부 특이한 능력을 가졌을뿐더러 파수꾼이라 불리는 자신들을 위협까지 하고 있었다.

프뤼켈은 당최 이해가 되지 않았지만 최대한 파동 기술로 거리를 벌리며 자신의 임무에 최선을 다했다.

그리고 예정된 지점으로 도착할 때쯤, 건너편에서부터 한 사내가 모습을 드러냈다.

"이쯤이면 됐어. 프뤼켈, 넌 즉시 발터를 도우러 가……."

콰콰쾅!

존재 자체를 지울 듯한 기세로 내리치는 천둥 벼락에 녹색 머릿결의 사내는 말을 채 끝내지 못하고 그대로 뇌전에 감전됐다.

"……이거이거. 환영 인사가 더럽게 요란한데?"

"일을 무척 귀찮게 만드는군. 제더."

그늘 사이로 걸어 나오던 용찬의 말에 여유롭게 뇌전을 저항하던 사내, 아니, 제더의 얼굴이 섬뜩하게 굳어갔다.

"……프뤼켈, 얼른 지원하러 가라."

"아, 알겠어."

두 명 사이에 껴서 어쩔 줄 몰라 하던 프뤼켈이 급히 자리를 떴다.

인간 사냥꾼이라 불리던 파수꾼치곤 허무한 퇴장이었다.

주변은 잠잠해졌고 제더는 살기를 피워내며 대거를 꺼내 들었다.

"내 이름을 어떻게 알고 있는 거지. 혹시 다른 차원에서 넘어온 거냐? 아니면 설마?"

"무엇을 상상하는지는 모르겠지만 해줄 수 있는 말은 이것뿐이군."

"아니, 괜찮아. 반쯤 죽여놓고 물어보면 되…… 니까!"

재빠른 손놀림으로 와이어 달린 대거를 날리는 기사단장.

숙련된 트랩퍼답게 순식간에 주변 일대를 거미줄처럼 와이어로 연결시켰다. 그리고 천천히 걸어오는 용찬의 발걸음에 맞춰 전류를 방출시켰다.

파지지직!

"아하하하. 네가 쓰던 뇌전에 그대로 당해보라고!"

한곳에 집중적으로 몰려든 전류.

보통 인간이면 결코 살아남을 수 없는 양이었다.

하지만.

[뇌전의 기운(공용)이 발동됩니다.]

마왕에겐 통용되지 않는 경우였다.

서서히 특성을 통해 흡수되는 극도의 전류들.

그와 동시에 먹구름들 사이로 공포를 상징하는 천둥소리가
울려 퍼졌다.

"무, 무슨!"

"네놈은 오늘 여기서……"

콰콰쾅!

"죽는다."

작렬하는 벼락 속에서 마왕이 사형 선고를 내렸다.

콰직!

단말마의 비명도 없이 또 한 명이 뭉개진다. 벌써 저 커다란

괴물의 손에 다섯 명 정도가 목숨을 잃었다.

하지만 전투의 흐름은 이미 플레이어쪽으로 넘어온 지 오래였다.

"크아아아아. 전부 녹여 버릴 테다!"

[ㅍㅅㅍ]

사방으로 스멀스멀 올라오던 독 안개가 빨려 들어가기 시작했다.

안면 전체가 가려지는 투구와 해골 문양의 마스크.

이번에도 파수꾼의 기술을 흡수하는 쿨단이었다.

'굉장해. 저런 NPC를 고용해서 데리고 다니다니, 도대체 경훈이란 사람은 정체가 뭐야.'

그뿐만 아니라 백색 목걸이가 돋보이는 로드멜 또한 상당한 힐러였다.

점차 만신창이가 되어가는 발터를 보며 마력탄을 쏘며 화력을 집중시키던 민아의 눈에 희망이 깃들었다.

'이길 수 있어. 경훈 씨가 데려온 저 파티도 D급 중에선 엄청 숙련자들이야. 이 기세라면 쓰러트릴 수 있어!'

비록 희생자가 늘어가고 있긴 했지만 베고스 때와 달리 순조롭게 전투가 진행되었다.

이제 와서 보니 그리 두려워할 것도 없는 것이다.

그제야 폭포수 근처에서 죽은 듯이 숨어 지내던 것이 끝내 후회로 밀려왔다.

'그래, 그 사람 말이 맞았어. 사냥당하기 전에 우리가 먼저 사냥해야 하는 거였어. 싸워보기도 전에 겁을 먹고 있었다니. 나 자신이 너무 한심해.'

동료를 모은다는 변명 아래 쓸데없이 기회만 노리던 자신은 리더로서 자격이 없었다. 그렇기에 더더욱 경훈이 만들어준 계기를 놓치면 안 될 터.

마침 속사포처럼 연달아 창을 찌르는 혁의 스킬에 발터가 한쪽 무릎을 꿇었다.

"지금입니다. 마무리해야……."

"어림도 없는 소리를!"

론도 5인방이 달려들려던 차, 붉은 빛줄기가 쏘아졌다.

민지의 스킬을 통해 방패를 강화시켰던 루이스는 즉시 궤도를 비틀며 피해를 차단했다.

한창 발터를 공략하던 플레이어들은 예상 못 한 난입에 즉시 고개를 돌렸다.

"네놈들 모조리 쓸어주마!"

적색 로브의 미남자.

한 차례 충돌을 겪었던 민아와 리우청의 인상이 동시에 구겨졌다.

공중에서 나타난 프뤼켈은 분노 가득한 눈빛으로 파동을 쏘기 시작했고, 발터 주위에 있던 플레이어들은 어쩔 수 없이 뒤로 물러나야 했다.

그러던 도중 쿨단이 용감히 흡수력을 믿고 나섰지만.

[흡수 불가!]
[흡수할 수 있는 양이 한계에 달했습니다.]

이미 수차례 D급 기술들을 흡수한 탓에 더 이상 특성은 빛을 발하지 못했다.

[ㅠㅅㅠ]

결국 믿었던 쿨단마저 볼썽사납게 바닥을 굴렀고 주변은 순식간에 아수라장이 됐다.

그사이 생과 사의 경계에 놓여 있던 발터는 숨을 고르며 프뤼켈과 합류해 파동 기술의 지원 아래 역으로 플레이어들을 압박하기 시작했다.

"안 돼. 거의 다 처리한 상태였는데!"

"이대로는 안 될 것 같습니다. 저희가 마법사 쪽을 맡겠습니다.

민아 씨는 나머지 분들과 함께 괴물 놈을 맡아주시기 바랍니다!"

"알겠어요. 부탁드려요!"

마침내 론도 5인방과 플레이어 무리가 서로 역할을 나누었다.

"푸하. 어이가 없군. 고작 다섯 명이서 날 상대하겠다고?"

그때까지만 해도 프뤼켈은 알지 못했다.

론도 5인방이 한 차례 파수꾼을 처리했다는 것을, 그리고 이런 상황을 위해 용찬이 준비한 패라는 것을 말이다.

🐐

'원래 사냥이란 것은 말야. 상대를 한계까지 몰아넣고 잡았을 때 가장 희열이 샘솟는 법이지. 그나마 다행으로 여기라고. 동료가 희생양이 되어준 덕분에 너희들이 살아남은 거잖아. 안 그래?'

회귀 이전 동료가 대부분 죽고 일곱 명이서 살아남았을 때 이런 대사를 들은 적이 있다.

그 이후로 마지막 전투가 벌어지며 세 명이 추가적으로 희생되긴 했지만 간신히 파수꾼의 수장을 무찔렀었다.

하지만 그때와 달리 지금은 혼자다.

'사냥꾼 제더의 등급은 C급. 능력치는 그다지 높지 않지만 스킬들 때문에 이런 등급을 판정받았었지.'

하멜의 모든 등급은 능력치, 스킬, 특성, 장비 등등 모든 능력을 총 검토해 시스템이 최종 결정을 내린다.

제더와 한 단계 차이였지만 그 간격을 메꾸긴 어려웠다.

하지만 마왕의 권능을 각성한 지금의 용찬은 보통 D급 플레이어가 아니었다.

파지지직!

거미줄처럼 묶여 있던 와이어들이 허무하게 끊어져 갔다.

마왕이자 동시에 플레이어인 존재.

상대가 마족이란 것을 알지 못하던 제더는 멍하니 몰아치는 뇌전을 바라봤다.

"……아하하."

"뭐가 그리 웃기지?"

"아하하하. 대단해, 아주 대단하다고. 뇌전을 집어삼키는 인간이라니. 놀랐어. 게다가 사냥감 주제에 건방진 대사까지 날리고. 이거 한 방 먹었는데?"

과장된 몸짓으로 무릎을 치며 웃는 기사단장.

아직까지도 자신을 그저 사냥감으로 인지하고 있었다.

하지만 그것도 잠시.

"더욱 정체가 궁금해져."

순식간에 분위기가 바뀌며 놈의 신형이 사라졌다.

매서운 기세와 동시에 좌우로 쏟아지는 대거.

팅! 티잉!

상당한 충격에 팔이 욱신거린다.

곧바로 막아내긴 했지만 대신 팔목 보호대에 금이 갔다.

'이것도 더는 못 써먹겠군.'

장비를 벗어 던진 용찬이 본격적으로 사냥을 시작했다.

상대는 이리저리 나무 위를 돌아다니며 견제를 하는 상태.

[맹독 화살이 발동됩니다.]

마침 후방에서 화살이 쏘아지며 위치가 알려졌다.

파지지직!

뇌전의 갑옷이 활성화되는 동시에 신형이 뒤로 쏘아졌다.

단숨에 어깨로 나무를 들이박자 커다란 고목이 그대로 기울어졌다.

쿠웅!

"어디를 보는 거야. 여기라고, 여기."

"……."

어느새 좌측 나무 위로 올라가 있는 제더.

느긋한 손짓으로 도발했지만 용찬에겐 통하지 않았다.

오히려 재차 나무를 쓰러트리며 지형 자체를 붕괴시킬 뿐이었다.

쿵! 쿠웅! 쿵!

순식간에 초토화되는 주변 일대.

그와 동시에 눈앞으로 메시지가 나타났다.

[숄더 어택 스킬을 터득했습니다.]

드디어 NPC만의 방식으로 D급 스킬을 하나 얻어냈다.

무의미하게 체력만 소모한 게 아니었다.

'된다. 나도 NPC처럼 스킬을 자연 터득할 수 있어.'

또 하나의 가능성이 열렸다.

용찬은 입가를 말아 올리며 대거들을 피해냈다. 그리고 남아 있던 수풀 쪽으로 발을 내리찍으며 바닥을 뭉갰다.

"이크!"

"거기 있었군."

"아, 물론 아니지."

균형을 잃고 떨어지던 놈의 신형이 재차 사라졌다.

이번에는 대피가 아닌 배후를 노리고 파고드는 기습.

마침내 제더의 입가에 비릿한 미소가 맺혔지만 시도는 실패였다.

퍼억!

대거가 심장에 파고들기 직전, 머리로 팔꿈치가 작렬했다.

"어, 어떻게?"

"하도 겪어봐서 알고 있지."

덥석!

뇌로 전해지는 충격에 허둥거리던 놈이 그대로 끌려왔다.

기회를 놓치지 않고 옷깃을 잡아챈 용찬은 가장 먼저 붕권으로 추가타를 이어갔다.

"꺼억!"

적절히 걸리는 감전 상태.

망설일 것도 없이 그대로 안면을 걷어차 올렸다.

그 순간, 피를 울컥 내뱉던 제더의 신형이 또다시 사라지려 했다.

하지만.

"어딜 가려고 하는 거냐."

"뭐, 뭐야. 왜 안 되는 거야?"

사냥꾼 직업의 특유 스킬쯤은 간단히 봉쇄할 수 있었다.

용찬은 낚아챈 나무패를 으깨며 다리를 걸어 넘어뜨렸다.

"나무패의 위치로 이동되는 사냥꾼 고유의 스킬. 여태껏 분주히 돌아다닌 것 같지만 놀이도 여기까지다."

"너 대체 누구야? 어떻게 내 기술들을 알고 있는 거냐고!"

"죽으면 알게 될 거다."

"하. 돌아버리겠네. 내가 그렇게 쉽게 뒈질 것 같아?"

주저앉아 있던 제더가 정면으로 표창을 던졌다.

그리고 장도를 꺼내 들어 횡으로 길게 휘둘렀다.

슈웅!

빈 허공을 가르는 장도.

자연스레 시선은 꿈틀거리는 인영을 향했지만 이미 늦은 상태였다.

[숄더 어택이 발동됩니다.]

[숨겨진 비수가 발동됩니다.]

푹! 푹!

지정된 상대를 향해 양 방향에서 비수를 생성해 날리는 사냥꾼의 스킬.

마침 스킬을 시전한 용찬으로선 피해낼 수 없었다.

하지만 다리에 두 개의 비수가 박힘에도 불구하고 숄더 어택은 멈추지 않았다.

"무식한 자…… 커억!"

"때론 피해도 감수해야 하는 법이지."

뇌전이 깃든 어깨가 그대로 흉부 쪽에 작렬하고 있었다.

푸드득!

정체 모를 새들이 하늘로 날아오른다.

곳곳에 있던 나무들이 쓰러져 뻥 뚫려 버린 일대. 산속 일부가 완전히 초토화된 가운데 하늘에 떠 있던 커다란 눈이 사라졌다.

털썩.

얼마나 전투를 벌인 것일까.

더 이상 품에 비수도 남아 있지 않았다.

모든 기술을 다 써봤지만 눈앞의 인간에겐 통하지 않았다.

"……쿨럭. 너, 대체 뭐야. 어떻게 내 기술들을 모조리 꿰고 있는 건데."

"꼴이 말이 아니군."

"내 말에 대답이나 해. 이게 말이 된다고 생각해?"

피를 철철 흘리던 제더가 넋 놓고 웃기 시작했다.

확실히 다른 파수꾼들조차 압도하는 기술들을 모조리 간파해 냈으니 어이가 없을 만도 할 것이다.

하지만 그렇다고 해서 용찬도 멀쩡한 것은 아니었다.

무리하게 C급 사냥꾼의 위력을 버티다 보니 왼팔은 이미 기능하지 않는 상태였다.

"인간 주제에 파수꾼의 수장인 날 이겼다고? 말도 안 되는……."

"아직도 내가 인간으로 보이나?"

파지지직!

어느새 가까이 다가온 마왕의 주먹으로 기력과 마력이 모여든다. 전신이 부상으로 가득한 그였지만 출혈도 신경 쓰지 않고 스킬을 시전하고 있었다.

'아니. 상태는 내가 더 심각하지.'

기괴하게 뒤틀려 더는 손쓸 도리가 없는 팔과 다리.

제더는 쓴웃음을 흘리며 입을 열었다.

"무슨 헛소리인지 모르겠지만 네놈, 어디서 날 본 적이 있나 본데 여명 교단에 대해서 어디까지 알고 있는 거야?"

"그딴 거 모른다. 알 필요도 없고."

"푸하. 웃기고 있네. 모른다는 놈이 우리 기사단의 기술을 모조리 알고 있다고? 잘 들어. 너도 다른 차원에서 넘어온 것 같은데 사신 놈만 아니었으면 이런 세계쯤은……."

콰직!

여명의 기사단장은 말을 마치지 못하고 생을 마감했다.

점점 밀려오는 피로와 축 처지는 어깨.

그제야 용찬은 자리에 주저앉아 숨을 돌렸다.

[차지 어택의 숙련도가 한계에 도달했습니다.]
[차지 어택이 일점 격발로 변화했습니다.]

나름의 전투 보상인 것일까.

기존부터 쭉 사용해 오던 스킬이 NPC 시스템을 통해 한 단계 진화됐다.

'이것으로 NPC 성장 시스템이 내게 적용된다는 것은 확인됐군. 이제 남보다 한층 앞서갈 수 있겠지.'

마왕이든 플레이어든 차이를 벌릴 수 있는 또 다른 계기가 만들어졌다.

이제 남은 것은 파수꾼 수장을 처리한 보상.

애초에 나비 계곡에 온 첫 번째 이유는 순전히 제더 때문이라고 볼 수 있었다.

'자, 이걸로 숨겨진 목표는 클리어했다. 얼른 나타나라. 마녀의 상징.'

여명 기사단장을 처리할 시 주어지는 히든 보상.

당시엔 직접 제더를 처리하지 못해 다른 플레이어에게 넘어갔지만 마왕이 된 지금은 아니었다.

[마녀의 위치가 오픈됩니다.]

점차 먼지가 되어 사라지는 놈의 시체 위로 문구가 떠올랐다. 그와 동시에 하늘을 장악하고 있던 나비들이 몰려오더니 이내 붉은빛을 띠기 시작했다.

"……붉은빛이라고?"

들었던 현상과 달랐다.

원래는 나비들이 푸른빛으로 물들어야 했다.

한데 어찌 된 것인지 완전히 반대되는 색깔을 띠며 용찬을 당황시켰다.

그리고.

[마계/은둔자의 숲]

터무니없는 단서가 나타났다.

그 시각, 두 명의 파수꾼을 상대하던 플레이어 무리도 막 전투를 끝낸 참이었다.

"끄으으윽. 이럴 수는 없어. 말도 안 된다고!"

바닥을 질질 기어 다니던 프뤼켈은 믿기지 않았다.

숲에서 자신을 추적하던 인간도 아닌 다른 플레이어 놈들이다.

기껏해야 버티는 수준이라 생각했던 자들이었는데, 지금은 그들의 손에 무참히 당해 버린 상태였다.

"하아, 하아. 정말 끈질긴 생명력이네. 제발 좀 죽어라!"

"아, 안 돼. 다가오지 마. 인간 주제에 다가오지 말…… 꺼어억!"

냉기 서린 검이 등에 꽂히자 온몸이 부르르 떨렸다.

미리 인챈트 스킬로 속성을 부여한 것 때문인지 상반신부터 하반신까지 점차 얼어붙어 갔다.

그리고 미약한 미동마저 잦아질 때쯤, 준치로가 힘겹게 검을 뽑아냈다.

파사삭!

단숨에 박살 나는 얼음 덩어리.

그와 동시에 프뤼켈의 목숨도 날아갔다.

"으아, 드디어 잡아냈다!"

"다들 고생했어. 일단 부상은 나중에 치료하고 저쪽을 도우러 가자."

"루이스, 드랍된 아이템과 장비들은 어떻게 하게?"

"어차피 모두 파티가 된 상태니까 거기에 우선 놔둬. 누가 건드린다 해도 그 즉시 정산 메시지가 뜰 테니까."

지금은 아이템에 대한 욕심보다 플레이어 무리를 돕는 게 우선이었다.

론도 5인방은 급히 원래 전투가 벌어진 곳으로 되돌아갔고, 막 발터를 물리친 다섯 명의 인원을 볼 수 있었다.

"다들 괜찮으십니까?"

"……그럭저럭 살아남은 것 같긴 합니다만."

혁의 시선을 쭉 따라가자 처참한 광경이 눈앞에 드러났다.

심각히 훼손된 채로 싸늘한 주검이 된 플레이어들.

털썩.

망연자실하게 서 있던 민아가 주저앉으며 론도 5인방의 인상도 굳어졌다.

"어떻게 된 것입니까?"

"마무리될 쯤에 발악을 하더군요. 미처 독 안개를 피하지 못한 플레이어들이 쓰러진 사이 한바탕 날뛰고 갔습니다."

"하아. 일단 치료부터 하도록 하죠. 당장 마지막 파수꾼도 보이지 않으니까. 안젤라."

루이스의 부름에 안젤라도 자못 진지한 표정으로 힐 스킬을 시전했다.

그사이 로드멜은 헤롱헤롱거리던 쿨단을 따로 치유하기 시작했고 중간에 껴 있던 리우청은 유독 눈치만 봤다.

'살아남은 것까진 괜찮았는데. 이 자식들 정말 진심인가?'

하멜에서 죽음은 매우 흔한 일이다.

항상 목숨을 걸고 성장하기 때문에 동료의 죽음도 어쩔 수 없이 잊고 사는 경우가 많은데, 지금 이 작자들은 우연히 퀘스트로 만난 자들의 죽음에 슬퍼하고 있었다.

'이런 멍청한 놈들을 봤나. 지가 죽은 것도 아닌데 왜 슬퍼하고 난리야. 젠장, 그보단 얼른 아이템부터 정산하자고.'

당장 눈앞에 떨어진 장비들 쪽으로 욕심이 갔다.

하지만 정산 시스템 때문에 독차지하는 것은 불가능했기 때문에 리우청은 우선 함께 슬퍼하는 척 연기를 했다.

그리고 경훈이 언급되며 모두의 시선이 혁에게 모였다.

"그나저나 무언가 이상하지 않습니까. 그 백경훈이란 플레이어, 마치 파수꾼의 패턴을 모두 안다는 식으로 행동했었습니다."

"그냥 단순히 강한 분이 아닐까요?"

"저도 이동하기 직전까진 그렇게 생각하고 있었는데, 저 덩치 놈을 상대하면서 생각이 좀 바뀌었습니다."

적의 기술을 미리 겪어보기라도 한 듯 각 상황에 맞춰 대처하던 경훈. 심지어 자신들의 스킬 및 특성도 알고 있단 듯이 즉각 지시를 내린 적도 있었다.

그제야 이전부터 함께해 왔던 론도 5인방도 약투란을 처리할 당시를 떠올렸다.

"……확실히 모든 패턴을 안다는 식으로 행동했었죠."

"맞아. 워낙 위험한 상황이라서 생각 못했는데 그랬던 것 같아."

"처음부터 마음에 안 들었는데 역시 수상한 놈이었어."

자연스레 모두의 시선이 쿨단과 로드멜 쪽으로 향했다.

멍하니 앉아 있던 민아마저도 은근 묘한 눈빛을 띠우는 상황. 그 순간, 론도 5인방이 모여 있던 자리로 천둥 벼락이 몰아쳤다.

콰콰콰쾅!

"꺄아아악!"

"크억!"

"끄으윽!"

세 명이 동시에 비명을 내지르며 쓰러졌다.

그리고 비탈길 위로 천천히 한 청년이 내려왔다.

"무작정 남을 의심하는 것은 안 좋을 텐데."

"너 이 개 자식!"

"슬슬 수금을 시작해 보도록 하지."

바로 발터를 상대하던 도중 사라졌던 경훈이었다.

[숨겨진 퀘스트를 클리어했습니다.]

[보상이 지급됩니다.]

마침 파수꾼들의 시체가 사라진 것인지 정상적으로 퀘스트가 완료됐다.

다만 안타깝게도 당장 확인해 볼 시간 따위 없었다.

"로드멜, 내 왼팔부터 치료해라."

"아, 알겠습니다."

"쿨단. 선두를 맡아라."

[ㅠㅅㅠ]

적당한 때에 돌아온 용찬의 지시에 두 명 모두 안도의 한숨을 내쉬며 자리를 잡았다.

비록 쿨단 같은 경우 흡수력이 한계였지만 상대도 완벽히 몸을 회복한 것은 아니었다.

하지만 두 명이 먼저 기습당하자 눈이 뒤집힌 혁과 준치로는 그런 것을 신경 쓰지 않고 무작정 달려들고 있었다.

[방패술이 발동됩니다.]
[핏빛 광기가 발동됩니다.]

가장 먼저 준치로의 앞을 쿨단이 가로막았다.

그와 동시에 혁의 창날도 용찬의 목을 노리고 파고들었지만 이런 공격쯤은 예상하고 있던 바다.

까앙!

경로가 강제로 뒤틀리는 창날. 간단히 카운터를 통해 창대부분을 밀어내자 혁의 균형도 옆으로 기울었다.

용찬은 그 틈을 놓치지 않고 창대를 붙잡은 채로 어깨를 들이박았다.

"크윽!"

"아직 멀었어."

"제, 제가 도와드릴게요. 혁 님!"

머리를 움켜잡고 연타를 꽂으려던 찰나, 창대가 녹색으로 물들었다.

적절한 순간에 발동된 민지의 인챈트 스킬.

대지의 속성력을 부여받은 혁은 창대를 돌려 위기에서 벗어났고, 후방의 지원하에 반격을 취하기 시작했다.

'역시 인챈터의 지원은 거슬리는군. 그렇다면……'

판단을 마친 용찬이 바닥을 크게 내리찍었다.

콰자자작!

파쇄가 발동되자 주변 땅이 무너져 내렸고 혁은 중심을 잡지 못해 좌측으로 잽싸게 자리를 옮겼다.

그사이 용찬은 대쉬를 통해 후방으로 달려들어 붕권을 통해 민지를 먼저 제압해 냈다.

털썩!

"히, 히이익!"

"……당신!"

또 한 명이 전투 불능 상태에 처하자 곁에 있던 두 명도 즉시 정신을 차렸다.

하지만.

퍼억!

민아는 화살을 쏴보기도 전에 자리로 쓰러졌고, 리우청은 기겁하며 자리에서 벌벌 떨고만 있었다.

"이 개자식. 죽여 버릴 테다!"

쏜살같이 달려오는 김혁.

분노를 주체하지 못하고 달려드는 모양새였다.

[마령창격이 발동됩니다.]

대지의 속성력과 동시에 마력이 깃들자 창의 위력이 단숨에 증폭됐다.

마치 속사포처럼 쏟아지는 수십 개의 창날이 순식간에 급소를 노리며 목숨을 위협했지만 용찬은 여유롭게 피해내며 역으로 목대를 쳤다.

"컥!"

"네놈이 날 제압할 수 있을 거라 생각했나?"

"크윽!"

"멀어도 한참 멀었다."

일방적인 공방 속에서 수준 차이가 드러났다.

등급상으로만 따지면 동일한 D급 플레이어.

하지만 하급 마족이 된 이후로 용찬의 육체는 더욱 강화되어 있었다.

콰직!

근력 능력치와 더불어 마족 고유의 힘이 작용하자 레어 장비로 보이던 창대도 더 이상 버티지 못하고 박살 났다.

혁은 멍한 표정으로 부서진 창을 내려다봤고 한눈을 파는 사이 정면으로 뇌격이 모여들었다.

[일점 격발이 발동됩니다.]

차지 어택의 진화형 스킬 일점 격발. 이전보다 위력은 줄어들었지만 시전 시간이 짧아져 전투 도중 편하게 사용이 가능했다.

타앙!

마치 탄환이 발사되듯 혁의 안면으로 주먹이 꽂혔다.

"……."

머리를 잃고 간단히 허물어지는 신체.

뒤에서 멍하니 바라보던 리우청의 입이 떡 벌어졌다.

"비, 빌어먹을. 혁 님, 민지야!"

"이제 네놈만 남았군."

"으아아아. 죽여 버리겠어!"

쿨단을 상대하던 준치로가 폭주 스킬을 사용한 것인지 붉게 물든 두 눈으로 돌진해왔다.

용찬은 두말할 것도 없이 재빨리 제압해 나가기 시작했고, 숙련된 동작 속에서 일방적인 전투가 이어졌다.

'이, 이대로는 나도 죽고 말 거야. 어떻게든 도망…… 어?'

문득 쓰러진 민아의 팔목으로 반달 모양 문신이 보인다.

가만히 눈을 깜빡이던 리우청은 재빨리 자신의 나비 문신을 확인하곤 속으로 쾌재를 내질렀다.

'퀘스트가 완료되면서 페널티가 사라졌구나! 좋아. 이대로 귀환 주문서를 사용해서 도망친다.'

더 이상 자신이 이곳에 남아 있을 이유 따위 없었다.

리우청은 한창 얻어맞고 있는 준치로를 보다 이내 귀환 주문서를 꺼내 들었다.

그리고 재깍 주문서를 찢어 도망치려 했지만 뒤늦게 쓰러진 민아가 눈에 걸렸다.

'얼른 써요. D급 힐 주문서예요.'

위험에 처했을 당시 구원의 손길을 내밀었던 그녀.

불현듯 그 기억이 떠오르자 온몸에 식은땀이 흘러내렸다.

'젠장. 나 원래 이런 놈 아닌데!'

고민 끝에 리우청은 민아의 손에 무언가를 쥐여주었다.

슈웅!

끈질기게 물고 늘어지던 놈의 기세가 한층 멎어든다.

근력과 내구 능력치를 일시적으로 강화시키는 광전사의 스킬들 또한 효과가 사라지고 있는 상태.

'슬슬 끝나겠군.'

마침 숨을 헐떡거리던 준치로의 칼질이 무뎌졌다.

용찬은 그 기회를 놓치지 않고 잽싸게 붕권을 시전했다.

그 순간, 후방에서부터 귀환진이 발동됐다.

'저 자식!'

교전을 벌이는 틈을 타 귀환 주문서를 찢은 리우청.

베고스가 쳐들어왔을 당시에도 숨어 있던 그의 도망은 어느 정도 예상하고 있었다.

하지만 정작 문제는 곁에 쓰러져 있던 민아까지 함께 귀환되고 있다는 것이었다.

'강제로 주문서를 찢게 만든 건가. 빌어먹을. 진영도 다른 플레이어를 구하다니. 일을 번거롭게⋯⋯.'

방해 주문서를 꺼내려던 찰나, 무딘 칼이 쇄도해 들어왔다.

용찬은 끈질기게 물고 늘어지는 준치로의 턱을 으깨며 등을 돌렸지만 이미 두 명의 신형은 사라지고 없었다.

"크큭. 일이 잘 안 풀리나 보지?"

"⋯⋯."

"빌어먹을 쓰레기 자식. 네놈은 죽어 마땅한……."

콰직!

미처 말을 끝내지 못하고 그의 신형이 무너져 내렸다.

따로 방해 주문서까지 준비했는데도 일이 이 모양이다.

"마왕님, 괜찮으십니까?"

"……제한 페널티가 사라진 것을 놈이 너무 일찍 알아내 버렸군."

"예?"

"아무것도 아냐. 우선 바닥에 떨어진 아이템과 장비들을 챙겨라."

사방에 널린 플레이어들의 장비와 아이템들. 특히 사망 시 100%로 드랍되는 파수꾼의 장비들은 반드시 챙겨야 했다.

그렇게 쿨단과 로드멜은 일일이 죽은 시체들 사이를 다니며 수거했다.

용찬은 혼절한 세 명을 내려다보며 바닥을 내리찍었다.

'……어차피 구원받지 못했을 운명. 좀 시기가 앞당겨진 것이라고 생각해라.'

파쇄가 작렬하자 세 명의 육신과 함께 땅이 으깨졌다.

사방으로 튀는 파편 사이로 장비들이 드랍됐다.

[볼버의 흑수]

[등급:레어]

[옵션:근력 능력치 3 상승, 내구 능력치 3 상승, 일정 시간 동안

어둠의 속성력을 부여]

　[설명:팔목까지 이어지게 제작된 메타리온 금속의 건틀릿이다. 실레노스와 동일하게 어둠의 속성력을 다루는 볼버가 애용하는 장비로 장갑 위에 바로 착용이 가능하다.]

　'역시 두 번째 파수꾼을 처리할 당시 나왔었군. 드디어 얻어 냈다. 볼버의 흑수.'

　회귀 이전 자신을 단숨에 주목받게 만들어준 건틀릿. 상당한 무게 때문에 공격 속도가 느려지긴 했지만 파괴력 하나는 엄청난 장비였다.

　특히 가장 위협적이라 볼 수 있는 어둠의 속성력. 워낙 거친 성질이기에 다루기 힘들다는 게 문제였지만, 차차 익숙해지면 그럭저럭 활용할 수 있었다.

　'그래도 지금은 친화력이 약간 높으니 그때보단 낫겠지.'

　용찬은 친숙한 느낌을 받으며 곧장 착용한 뒤 나머지 아이템들을 회수하며 자리를 옮겼다.

　쿨단과 로드멜이 모아 온 것들까지 전부 인벤토리 내에 정리하자 모든 수거는 끝나 있었다.

　'제더에게서 나온 아이템까지 포함하면 나름 괜찮아. 일단 마녀의 위치도 알아냈으니 돌아간다.'

　프뤼켈을 쫓던 당시 통신이 한 차례 오기도 했으니 슬슬 마왕성으로 돌아가 봐야 했다.

"하아. 드디어 돌아가는군요. 다행입니다."

[+ㅅ+]

안도의 한숨 소리와 함께 주변으로 귀환진이 펼쳐졌다.

아마 나비 계곡은 입장 제한이 풀려 다시 플레이어들이 몰려들 것이다.

갑작스레 발동했던 히든 퀘스트도 조사를 시작할 터.

뒤늦게 도망쳐 버린 리우청과 민아가 걸리긴 했지만 다행히 자신의 정체에 대해선 알려진 것이 하나도 없었다.

'대형 길드에 들어간 놈들도 아니고, 단순히 아이템을 뺏으려는 수작으로 생각할 수도 있을 테니 상관은 없겠지.'

퀘스트의 생존자로 인해 주목받는다 쳐도 그들이 취할 수 있는 경우의 수는 한정되어 있었다.

용찬은 마저 고민을 털어내고 환한 빛에 몸을 맡겼다.

그리고.

"어, 얼른 앞에 문부터 막아!"

"키엑. 키에에엑!"

"으앙. 누님. 어금니가 빠졌어요!"

혼란스러운 전장이 자신들을 맞이하고 있었다.

◀ 21장 ▶
존투스

마계 시간 흐름으로 3일 전 바쿤.

"마계 위원회 소속 데잔이다. 라우쳐가 선전포고했다는 사실은 전에 전해 들어서 알고 있겠지?"

"예. 가문 측으로도 통신이 온 상태로 알고 있습니다."

61위 마왕 존투스의 선전포고.

헨드릭이 자리를 비운 사이 걸려온 서열전이었기에 누구보다 더욱 신경 쓰고 있던 그레고리였다.

하지만 마계 위원회 규칙상 마왕이 자리를 비울 경우 서열전 일정은 자동으로 늦춰졌고, 그 덕분에 여유롭게 준비를 하며 용찬을 기다리고 있던 바쿤이었다.

'분명 그럴진대, 왜 갑자기 위원이 찾아온 거지.'

이유 없이 마왕성으로 찾아올 마계 위원회가 아니었다.

데잔은 그런 궁금증을 풀어주듯 품속에서 양피지를 꺼내 펼쳤다.

"마계 위원회의 사정상 바쿤과 라우쳐의 서열전 일정이 앞당겨졌다. 시기는 정확히 4일 뒤. 그때 다시 한번 찾아올 테니 알아서 준비하고 있도록."

"자, 잠시만 기다려 주십시오. 사정상 일정이 앞당겨졌다니. 갑자기 이게 어찌 된 일입니까."

"이미 각 가문에도 전달된 내용이다. 더 이상 내 말에 토 달지 말도록."

"그런 말도 안 되는……."

미처 따지고 들기도 전에 데잔의 신형이 사라졌다.

홀로 남겨진 그레고리는 망연자실한 표정으로 방 안을 둘러봤다.

'허. 이걸 어찌한단 말인고. 마왕님께서 언제 돌아오실지도 모르는 상황인데.'

수정구를 통해 통신을 걸어봤지만 묵묵부답이었다.

사정상 받지 못하거나 혹은 통신이 아예 불가능한 지역일 가능성이 컸지만, 속은 답답하기만 했다.

결국 그레고리는 병사들에게 서열전 소식을 전하고 3일 동안 최대한 준비했다. 하지만 끝내 용찬은 돌아오지 않았고 병사들은 마왕 없이 서열전을 치르게 됐다.

―……이렇게 된 상황입니다. 마왕님.

수정구를 통해 자초지종을 듣게 되자 그제야 이런 상황이
이해가 갔다.

다만 마계 위원회 측은 일방적으로 통보한 후 프로이스 가
문에게 따로 자신이 돌아왔다고 보고한 모양이다.

-아무래도 가주님께서 다른 일정으로 자리를 비우신 때를
노린 것 같더군요. 다행히 당일 날 이 사실을 알아차린 가주님
께서 서열전 중지를 요구했지만 이미 시작되어 버린 서열전을
중지할 순 없다고 답변이 오는 바람에…….

"거짓 보고를 한 셈이군. 또 겐트 그놈 짓인가."

-제 예상으로 볼 때 겐트를 위주로 강경파 일원들이 모여 술
수를 부린 것 같습니다.

"사사건건 방해를 하고 드는군. 가문에 대한 원한을 못 잊고
이런 수작질까지 부리는 꼴이라니. 아주 가관이야."

아마 존투스에게도 미리 제안을 건넸을 터. 나비 계곡에서
돌아오자마자 아주 큰 선물을 해주는 겐트였다.

용찬은 피식 웃으며 가장 먼저 쿨단과 로드멜에게 합류를

지시했다.

그리고 품속에서 무언가를 꺼내 사용하기 시작했다.

[힘 능력치가 1 상승했습니다.]

[민첩 능력치가 1 상승했습니다.]

[내구 능력치가 1 상승했습니다.]

[체력 능력치가 1 상승했습니다.]

제더를 처리하고 얻은 두 번째 히든 피스는 바로 육체적인 능력치와 관련된 능력치 스톤.

이제 마력과 친화력 쪽으로 몰려 있던 능력치도 약간 균형이 갖춰졌다.

'일단 이 상황부터 마저 정리해야겠군.'

마침 새로 얻은 장비를 체감해 볼 좋은 기회였다.

"라이언 부대, 뒤로 물러나 후방에 포진해라."

"엇. 이 목소리는?"

"불한당 부대. 흩어지지 말고 뭉쳐서 진입하는 놈들을 쳐라."

"마, 마왕님이다!"

헥토르의 외침과 함께 병사들이 재깍 지시를 따라 움직이기 시작했다.

사수해야 할 공간의 입구는 총 다섯 개.

성당을 닮은 건물 내부는 바쿤의 거점과도 같았다.

파지지직.

점차 병사들의 진형이 갖춰지는 가운데 거센 뇌전이 몰아쳤다.

[볼버의 흑수 능력이 발동됩니다.]

[일정 시간 동안 모든 기술에 어둠의 속성력을 부여합니다.]

차츰 이름을 알리던 시절에 사용했던 볼버의 흑수.

어찌 보면 전생에는 나비 계곡이 인생의 전환점이라 볼 수 있었다.

'뇌전의 권능과 합쳐진 건가? 그렇다면 장갑의 효과로 인해 기술의 위력도 더욱 상승했다는 건데.'

시퍼런색을 띠던 뇌전이 어느새 검게 물들었다.

어둠의 속성력 특징은 마치 감염되듯 범위 내의 적들에게 달라붙는다는 것. 사방으로 퍼져 나간 어둠의 뇌전은 빠르게 먹잇감을 찾아 파고들었다.

'어떻게 된 일이지? 예상보다 훨씬 다루기 편하잖아. 이 정도라면 오히려 그때보다 능숙히 활용할 수 있겠어.'

회귀 이전 말을 듣지 않고 제멋대로이던 어둠의 속성력이 지금은 명령대로 움직이고 있었다.

이유를 알 수 없어 의문이 들던 찰나, 왼쪽 복도를 통해 적들이 쏟아져 나왔다.

"차라리 잘됐군. 이참에 실험해 봐야겠어."

"츠에에에?"

용찬은 눈에 이채를 발하며 좌측 문으로 파쇄를 시전했다.

단숨에 나가떨어지는 리자드맨들.

이전보다 향상된 검은 뇌격은 빠르게 주변 놈들을 감전시키기 시작했고, 어느 정도 확신이 선 용찬은 본격적으로 사냥에 나섰다.

[붕권이 발동됩니다.]

[라이트닝 볼텍스가 발동됩니다.]

[카운터가 발동됩니다.]

마계로 귀환하며 마력과 체력은 모두 회복된 상태.

한참 고생하던 바쿤의 병사들은 더욱 강해진 자신의 마왕을 보며 입을 떡 벌렸다.

털썩! 털썩!

그리고 존투스의 병사로 보이던 몬스터들이 추풍낙엽처럼 쓰러지자, 전투의 흐름은 순식간에 넘어왔다.

"대단해. 검은 뇌전이라니. 이번에는 또 무슨 짓을 하고 온 거야. 아무튼 우리도 가만히 있을 순 없지!"

"으아아아! 누님, 저 어금니가 빠졌다니까요!"

"시끄러. 이가 없으면 잇몸으로라도 흡혈하든가."

상황이 역전되자 바쿤 병사들의 사기도 단숨에 올라갔다.

용찬은 기세를 몰아 용병으로 보이던 마족까지 제압해 낸 뒤 이내 카리스마를 발동시키며 남은 병사들을 가리켰다.

"마무리에 들어간다. 건방진 라우쳐 놈들에게 우리 바쿤의 저력을 보여줘라."

"크르르!"

"키에에엑!"

그렇게 화려한 귀환을 알리며 첫 번째 날을 마감하는 바쿤의 마왕이었다.

"어찌 된 게야. 왜 멀쩡하던 병사들이 모두 전투 불능 상태가 돼. 이게 말이 된다고 생각하는 것이냐?"

원래 첫 번째 날에 패배했어야 할 바쿤이다.

한데, 2일 차로 접어드는 동시에 기껏 보내놨던 병사들의 탈락 소식이 전해졌다.

여유롭게 라우쳐의 거점에서 기다리던 존투스는 예상 못한 상황에 무척 당황스러웠다.

"하, 함께 보냈던 용병 문두스도 당한 모양입니다."

"쓸모없는 놈들. 도대체 어찌 된 거지. 설마 헨드릭 그놈이 돌아온 건가?"

"아무리 바쿤의 마왕이 돌아왔다 해도 그 많은 병사를 어떻게 처리하겠습니까."

"지금 내 말이 그 말이지 않……."

트롤 용병 말에 버럭대던 존투스의 고개가 돌아갔다.

거점으로 이어지는 통로 하나가 유난히 시끄러웠다.

"갑자기 무슨 소동이냐?"

"존투스 마왕님, 큰일 났습니다. 바쿤의 병사들이 세 번째 통로를 통해 거점으로 침입하려 들고 있습니다!"

"뭣이!"

이번 서열전 같은 경우 유일하게 길로 구분되는 통로를 사수하는 것이 가장 중요했다.

급히 뛰어온 병사의 보고에 존투스와 용병의 안색은 단숨에 굳었다. 이어진 비명 소리가 상황의 심각성을 알려왔다.

"……일단 레번 너에게 맡기마. 다른 통로의 인원을 조금 나누어 세 번째 통로를 사수해라."

"맡겨만 주십시오."

트롤 용병, 아니, 레번이 비장한 얼굴로 주 무기인 커다란 몽둥이를 꺼내 들었다.

그리고 다른 통로를 사수하던 D급 병사들이 지원하러 오는 동시에 문제의 세 번째 통로로 진입했다.

하지만.

"이놈들, 이 라우쳐의 용병 레번이 상대해……."

"트롤 주제에 말이 많군."

"크어어어!"

만신창이가 된 몸을 질질 끌고 간신히 통로에서 빠져나올 뿐이었다.

레번은 피를 질질 흘리며 창백한 안색으로 보고했다.

"조, 존투스 마왕님. 헨드릭 프로이스가 돌아왔습니다."

"크윽. 결국 돌아왔다는 거군. 하지만 그 꼴은 도대체 무엇이냐. 겨우 하급 마족인 놈에게 그리 당했다고?"

"너, 너무 강합……."

털썩.

트롤의 강한 재생력에도 불구하고 마저 보고를 마치지 못하고 자리에서 쓰러졌다.

거점에서 있던 치료술사가 레번을 치료하기 시작했고, 존투스는 식은땀을 흘리며 다른 병사들에게 지시를 내렸다.

"젠장. 우선 세 번째 통로로 모두 집결해라. 헨드릭 프로이스를 막는 게 가장 중요하다!"

"츠에에에!"

"우어어어!"

기다리고 있던 트롤과 리자드맨들이 즉시 투입됐다.

다행히 세 번째 통로로 진입한 바쿤의 병력도 얼마 되지 않았는지 금세 상황은 소강 되었다.

존투스도 간신히 안도의 한숨을 내쉴 수 있었다.

'역시 병력 차이가 있으니 단숨에 뚫기는 무리겠지. 아무튼 일단 거점으로 돌아간 모양이니 채비를 해야겠어.'

두 번째 날임에도 불구하고 병사들 꼴이 말이 아니었다.

이백여 병사 중 벌써 70여 마리가 제외된 상태.

'클클. 바쿤과의 서열전에서 이기게 해주겠네. 잠자코 내 말만 따르면 따로 선물도 챙겨 주도록 하지.'

불현듯 마왕성으로 찾아왔던 겐트가 떠올랐지만 지금은 이만 갈릴 뿐이었다.

'그 노망난 늙은이. 약속했던 것과 다르잖아. 이번 서열전만 끝나면 가문을 통해 아예 엄청난 것을 요구해 주겠어!'

잠깐 위기가 찾아오긴 했지만 아직까지 라우쳐의 승리는 보장되어 있는 상태였다.

존투스는 옥좌 뒤에 놓인 석상을 보며 마음을 진정시키곤 다섯 개의 통로를 다시 집중적으로 사수했다.

한편, 세 번째 통로에서 돌아온 용찬은 여유롭게 얻은 아이템들을 확인하고 있었다.

[베고스의 허리띠]

'이건 속성 저항력과 내구 능력치를 올려주는 레어급 장비. 쿨단에게 주면 되겠군.'

[프뤼켈의 로브]

'마법 위력을 증폭시켜 주는 레어급 장비. 일단 이건 보관해 둬야겠어.'

[발터의 빛나는 몽둥이]

'일시적으로 힘 능력치를 올려주고 백스텝 스킬을 사용할 수 있는 레어급 장비. 마침 켄의 무기를 바꿀 때가 됐다고 느꼈는데 잘됐군.'

각각 두 명에게 새로운 장비가 선사되자 파수꾼들의 장비는 대충 정리가 됐다. 남은 것은 퀘스트 보상으로 얻은 또 다른 장비와 직업 전용 스킬 북.

[직업 전용 스킬 북을 사용했습니다.]
[무작위로 '기의 파동' 스킬이 지급됩니다.]

'쯧. 이번에도 그 스킬들은 안 나와주는군. 그래도 기의 파
동이면 유태현을 대비할 겸 여러모로 쓸 만할 테지.'

미리 적들의 공격을 감지하는 D급 패시브 스킬. 비록 전성
기 시절의 주 스킬은 아니었지만 충분히 활용성이 많은 기의
파동이었다.

"와아아. 부럽다. 자꾸 쿨단 님만 새로운 장비가 늘어나는
것 같아."

"칫. 옛날에 바쿤을 탈주했던 뼈다귀 자식 주제에."

[)ㅅ(]

바쿤의 방패병 쿨단의 방어력이 상승하면 할수록 전력은
든든해졌다.

용찬은 투덜거리는 헥토르와 루시엔을 보다 이내 뒤에 있던
석상을 쳐다봤다.

'저 검을 든 석상이 부서지면 서열전 패배라 이거군.'

각 마왕성마다 맡게 되는 두 개의 거점. 그리고 그 거점들과 이어지는 다섯 개의 통로.

서로 어떤 통로를 노려서 거점까지 진입하느냐가 이번 서열전의 최우선 목표였다.

'일단 세 번째 통로를 견제해 병사들을 어느 정도 줄여놨으니 저쪽도 나름 긴장하고 있겠지. 하지만……'

자연스레 하품을 하고 있는 위르겐 쪽으로 시선이 갔다.

자신이 없던 당시 수적 열세에 몰려 별다른 활약을 못 했던 디텍터였지만 지금은 상황이 달랐다.

"그러고 보니 슬슬 약속했던 2개월이 다 되어가는군."

"페, 페펭! 새, 생각해 보니 그렇군요."

"어떤 마음을 품고 있는지는 몰라도 지금 네놈이 할 게 무엇인지는 알고 있겠지?"

"아, 저도 슬슬 행동에 나서려던 참이었습니다. 마왕님!"

은근 손에 쥔 장비들을 강조하자 탐욕에 쓴 펭귄의 눈도 반짝거렸다. 그제야 자리에서 일어나 의욕을 품기 시작한 위르겐을 일별한 용찬이 마저 장비를 확인했다.

[숭고한 의지의 발목 보호대]

[등급:레어]

[옵션:물리 저항력 상승, 공격 시 일정 확률로 상대의 방어력을

깎는다.]

　[설명:어느 대장장이의 손에서 만들어진 발목 보호대다. 끝없는 열정 속에서 제작된 장비는 장착한 자에게 숭고한 의지를 품게 만든다.]

　'팔목 보호대가 부서지니 이번에는 발목 보호대인가. 그때와 다른 보상이긴 하지만 지금은 쓸 만하겠군.'

　직접 장착해 보니 착용감도 나름 괜찮았다.

　나머지 자잘한 아이템들과 플레이어들을 처리하고 나온 장비들은 처분하거나 병사들에게 나눠 주면 될 터다.

　게다가 종호에게서 받은 골드도 있으니 한동안 재정 걱정도 사라진 상태였다.

　'나비 계곡에서 얻을 것은 모두 얻었으니 D급에서 노릴 만한 곳은 이제 네 곳 정도. 이 시기쯤 벌어질 사건 사고들도 있으니 따로 대비도 해둬야겠어.'

　아직 파이칸 고대 유적지의 일정도 남아 있는 상황.

　조급해하지 말고 천천히 히든 피스들을 회수하며 전성기 시절 힘을 되찾으면 될 일이었다.

　'아니, 오히려 그때보다 더욱 강해질 수 있어. 지금의 나에게 그 길은 열려 있다.'

　더욱더 넘본다면 회귀 이전에도 꺾지 못했던 태현을 추월하는 것도 가능했다.

용찬은 의지대로 움직이는 어둠의 속성력을 확인한 뒤 정면의 통로들을 쭉 살폈다.

'우선 이번 서열전부터 빠르게 처리해 주지.'

"슬슬 수금을 시작해 보도록 하지."

머릿속에 각인된 한 청년의 말과 함께 천둥 벼락이 몰아친다. 한자리에 모여 앉아 있던 동료들을 단숨에 제압할 정도로 강렬한 위력이었다.

그리고 섬뜩한 눈빛이 자신에게로 향하는 순간.

"헉!"

온몸에 흥건한 식은땀. 긴 잠에서 깨어나자마자 보게 된 광경은 익숙한 여관의 방 안이었다.

마치 악몽이라도 꾼 듯 숨을 헐떡이던 민아는 조금씩 나비 계곡 때의 기억을 떠올렸다.

'여긴 귀환 포인트로 지정된 여관의 방 안이잖아. 그렇다는 건 진영으로 귀환했다는 건데.'

경훈의 스킬에 쓰러진 이후 기억이 없었다.

메신저 창을 통해 혁에게 통신을 취했지만 답장도 없는 상태였다. 가장 먼저 추측되는 것은 퀘스트가 완료됐다는 것이었지만, 갑작스러운 경훈의 배신으로 인해 머릿속이 더욱 복잡해졌다.

'이, 일단 나비 계곡은?'

민아의 눈앞으로 미션 창이 떠올랐다.

다시 입장이 가능해진 나비 계곡.

아무래도 히든 퀘스트는 완료가 된 모양이다.

인벤토리를 확인해 봐도 보상이 지급된 것은 분명했다.

"······확인해 봐야겠어."

가장 먼저 들를 곳은 혁의 방 안이다.

하지만 간단히 복장을 갖추고 복도로 나선 민아의 귓가로 믿을 수 없는 소식이 전해졌다.

"이번에 나비 계곡에서 히든 퀘스트가 완료됐다고?"

"그런 것 같아. 뒤늦게 대형 길드에서 D급 플레이어를 투입해 확인해 본 결과 심각히 파손된 시체들이 다수 발견됐다는 것 같더라고."

"그러면 생존자는 없는 건가."

"그건 아닌 모양이야. 이번에 디어스 길드가 이전 사건 관련해서 붙잡은 플레이어 한 명이 생존자였다나 봐. 리우청이라고 했던가. 퀘스트가 완료됐으니 몇 명쯤은 살아 있을 만도 하겠지."

자신이 한 차례 구해주기도 했던 리우청.

어째서 그자가 다른 플레이어들 입에서 언급되는 것일까.

게다가 생존자가 단 한 명뿐이라니.

민아는 다급히 혁의 방으로 뛰어갔지만 익숙한 친동생의 얼굴은 보이지 않았다.

털썩.

점점 몰려오는 허망함.

무엇 때문에 하멜에서 고군분투하며 생존해 온 것일까.

'있을 수 없어. 있을 수 없는 일이야.'

떨군 고개 아래로 눈물이 흘러내렸다.

하지만 그것도 잠시.

민아의 양손이 부르르 떨리며 복수심이 피어났다.

'백경훈. 진영도 정체도 모르지만 찾아내야 해. 찾아내서, 찾아내서 반드시 죽여 버릴 거야!'

우선 정보가 필요했다. 그리고 기억을 잃은 이후의 일을 알아내야만 했다.

'리우청, 그 사람과 접촉해야 해. 그 사람만큼은 진실을 알고 있을 거야!'

비록 서로 다른 진영이었지만 특별한 루트를 통한다면 가능할지도 몰랐다.

그렇게 민아는 마저 혁의 행방을 알아보면서 차근차근 계획을 세워갔다.

그 시각, 모든 일의 주범이던 바쿤의 마왕은 단숨에 두 가지 통로를 공략하고 있었다.

-페펭. 두 번째 통로의 병사들이 세 번째 통로로 지원을 가고 있습니다.

탐색자의 눈이 발동된 이후 라우쳐 병사들의 움직임이 속속히 보고됐다.

다급해진 존투스가 이리저리 지시를 내리고 있는 모양이지만 어림도 없었다. 위르겐의 보고를 전해 들은 용찬은 즉시 병사들을 놔두고 두 번째 통로로 위치를 바꾸었다.

파지지직!

우후죽순 쓰러져 나가는 코볼트 궁병들.

부쩍 줄어든 병력으로 인해 남은 적은 얼마 되지 않았다.

'쿨단을 비롯해 라이언 부대를 거점에 놔두었으니 다른 통로로 기습을 당해도 문제없겠지. 이대로 계속 혼란을 줘서 병력을 깎는다.'

마침 능숙히 벽을 타며 나타난 루시엔이 리자드맨의 목을 잘라 버렸다.

서열전 규칙상 목숨을 잃진 않겠지만 놈은 필드에서 제외.

"다음번에는 저도 같이 데려가 줘요."

"무엇을 말하는 거지."

"플레이어들이 있는 곳 말이에요. 그곳에 가면 좀 더 강해질 수 있다는 것을 깨달았으니……. 뭐, 여튼 전 언제나 준비되어 있다구요."

이전에는 보이지 않던 어색한 태도에 용찬도 살짝 당황스러웠다. 아마 한층 더 숙련돼서 돌아온 쿨단이 계기가 된 모양이다.

'그렇군. 저번 심리 상태에서도 봤듯이 좀 더 적극적으로 날 이용하기로 마음먹었나 보군.'

복수를 목표로 강해지기 위해선 이렇게 행동하는 것이 당연했다.

용찬 또한 동감이 되어 또 한 마리의 트롤을 때려눕히며 고개를 끄덕였다.

"내 지시만 잘 따르면 언제든 데려가 주마."

"칫. 약속했어요."

"우선 전투에 집중해라."

말을 돌리자 볼이 부풀린 그녀였지만 실제로 눈앞에 용병이 나타난 상태였다.

저번 전투에서 호되게 당했던 트롤 용병 레번.

하지만 이번에는 직접 자신의 주인까지 데려온 것인지 기세가 등등했다.

"헨드릭 프로이스, 최하급 마족이었던 주제에 용케도 여기까지……."

콰직!

위풍당당하게 등장한 존투스의 말이 미처 끝나기도 전에 땅이 으깨졌다.

"잡설이 많구나."

"크윽. 난 호락호락하게 당하지 않는다!"

"그래. 최대한 발버둥 쳐봐라. 내가 지켜봐 줄 테니."

서열 61위 마왕 존투스 게르시안.

음파의 권능을 가진 그는 주로 소리로 진동을 내어 상대에게 타격을 주는 독특한 전투 방식을 가지고 있었다.

그리고 이번에도 예외 없이 목소리를 통해 기술을 시전하려 했지만.

[대쉬 스킬이 발동됩니다.]

회귀한 마왕에겐 전혀 통하지 않았다. 존투스의 특징을 이미 알고 있던 용찬은 잽싸게 놈의 턱을 으깨며 전투의 시작을 알렸다.

"끄윽. 궤자식이!"

"이제야 제법 듣기 좋은 말투가 됐군."

"뭐, 뭐번!"

"헛수작 부리긴."

가벼운 눈짓과 함께 루시엔이 레번을 막아섰다.

그제야 서로 일대일 구도가 벌어졌고, 존투스는 미리 불러온 치료술사의 지원하에 음파 공격을 펼치기 시작했다.

[사운드 웨이브가 발동됩니다.]
[마력 방출이 발동됩니다.]

복도 전체를 울리는 혼란 스킬.

하지만 미리 마력 방출을 펼친 용찬에게 효력은 없었다.

오히려 검은 뇌전을 마음껏 방출하며 놈의 사각으로 파고들 뿐이었다.

"재밌는 것을 하나 알려주마."

"크, 크억!"

"지금 세 번째 통로로 돌입한 병사들은 이미 다른 통로로 방향을 틀었을 거다."

"커억!"

방어 스킬인 음파의 방벽을 뚫고 마음껏 존투스의 육신을 때려 부수는 용찬. 사방으로 탁한 피가 튀는 가운데 절망을 안겨줄 소식이 전해졌다.

"즉, 경계가 허술한 거점이 뚫린다는 말이겠지."

"끄아아아아. 말도 안 돼. 하급 마족이 이리 강할 수가……."

"있겠지."

마침 광역 음파 스킬이 발동됐다.

마지막 발악이라고 볼 수 있는 상황에서 순식간에 신형이
사라졌다.

존투스가 눈을 깜빡거리는 사이 용찬이 배후에 파고들어
일점 격발을 날렸다.

"감히 바쿤을 건드린 대가를 치르게 해주마."

"사, 살려……."

콰앙!

엄청난 위력의 주먹이 작렬하자 존투스의 신형이 벽에 처박
혔다.

식은땀을 흘리며 힐을 시전하던 치료술사도 경악하는 상황.
강인한 마족의 육체 때문에 사망하진 않았지만 아무래도 더
이상 전투를 지속하긴 무리였다.

"크, 크워어어. 항복, 항복하겠습니다!"

"흥. 진작에 그럴 것이지."

때마침 용병들 간의 대결도 승자가 결정된 것인지 한쪽이
먼저 백기를 들었다. 확실히 최근 들어 더욱 성장세를 보이고

있는 루시엔다 왔다.

[바쿤의 병사들이 승리의 석상을 부쉈습니다.]
[바쿤의 승리!]
[서열전이 종료됩니다.]

예상대로 불한당과 한조가 허술한 거점을 공략하는 데 성공한 것인지 단숨에 임시 마왕성으로 이동됐다.

"……이번에도 바쿤이 승리했다는 건가."

이전처럼 세 명의 위원이 소집된 것인지 모두 경악한 눈빛으로 눈앞의 메시지를 확인했다.

[서열 62위 바쿤의 승리.]
[헨드릭 프로이스의 서열이 61위로 변경됩니다.]
[존투스 게르시안의 서열이 62위로 변경됩니다.]

의심의 여지도 없는 바쿤의 승리였다. 앞으로 용찬은 61위로 고정되어 더욱 높은 서열을 노릴 터다.

위원 중 한 명이었던 데잔은 피떡이 된 채로 이동된 존투스를 보며 몸을 벌벌 떨었다.

'이, 이러면 안 되는데. 이럴 리가 없는데!'

현실을 부정해 봐도 달라지는 것은 없었다.

그는 우연히 마주친 용찬의 눈빛에 더욱 몸을 파리하게 떨었고, 뒤늦게 보이는 조소에 허망하게 고개를 떨구었다.

"이, 일단 존투스가 깨어나는 즉시 절차대로 승자의 방으로 이동하겠네."

"알겠습니다."

그날, 바쿤의 승리 소식이 마계 전체로 알려졌다.

용찬은 또다시 승리의 방 대가로 젬과 골드를 왕창 뜯어내며 마왕성으로 귀환했다.

[1. D급 네임드 병사 켄의 둔기 숙련도가 한계에 도달해 '초급 둔기 마스터리' 스킬이 생성됐습니다.]

[2. D급 네임드 용병 위르겐의 탐색자의 눈 스킬 레벨이 한 단계 상승했습니다.]

[3. D급 네임드 병사 헥토르가 '마력 압축 화살' 스킬을 터득했습니다.]

서열전의 보상은 주력 병사들의 성장도 포함이다.

지금 보이는 메시지뿐만 아니라 나머지 병사들의 성장도 따로 표시되고 있는 상태. D급에 들어선 이후 다양한 방면으로 발전하고 있는 그들이었다.

'저번 보상으로 특성과 재능 부여권도 받아놓은 상태니 쿨 단을 제외한 다른 병사들도 강화시켜야겠어.'

적절한 후보는 헥토르, 루시엔, 위르겐이다.

잠시 고민하던 용찬은 가장 먼저 헥토르에게 재능을 부여했다.

[특성 부여권을 사용했습니다.]
[헥토르에게 강인한 육체 특성이 부여됩니다.]

D급 공용 특성인 강인한 육체가 하필 전투 시 근력과 내구를 상승시키는 효과가 궁수인 헥토르에게 부여됐다.

"……."

갈수록 근접 계열 궁수가 되어가는 뱀파이어.

순간 이마가 빠직거렸지만 분노를 가라앉히고 재능 부여권을 마저 사용했다.

[재능 부여권을 사용했습니다.]
[루시엔에게 댄싱 재능이 부여됩니다.]

'······장난하자는 건가.'

댄싱 재능은 도대체 또 무엇이란 말인가. 회귀 이전에도 들어본 적 없던 능력에 더욱 화가 치밀었다.

하지만 용찬은 화를 내기도 전에 잭을 맞이해야만 했다.

"마왕님. 이전에 의뢰하셨던 방패병들의 창 제작이 완료되었습······."

"방금 뭐라고 했지?"

"아, 아니, 그게. 차, 창 제작이 완료되었다고 말씀드리려던 차였습니다!"

싸늘한 눈빛에 괜한 피해자가 발생했다.

잭은 영문도 알지 못한 채 몸을 벌벌 떨다가 창을 건네며 고개를 넙죽 숙였다.

'음, 괜찮군. 더 페이서 상단에서 구입한 광석들은 단순히 철광석뿐일 텐데 이 정도 창을 만들어내다니.'

무려 매직급 창이다.

따로 내구도 강화 옵션이 달려 있는 것을 봐선 잭의 대장장이 기술은 예상보다 무척 뛰어난 모양이었다.

용찬은 흡족한 표정으로 창들을 라이언 부대에게 지급하곤 떨고 있는 잭을 칭찬하며 대장간으로 돌려보냈다.

"아예 광산을 수입원으로 만들어도 괜찮을 것 같군."

뒤늦게 승리의 대가로 젬과 골드만 얻어낸 것이 후회되었다.

하지만 앞으로도 기회는 많기 때문에 우선적으로 마계와 미션의 시간 흐름에 집중했다.

'나비 계곡 7일 차에 서열전이 강제로 정해졌다고 했지. 아무래도 실레노스를 처리하던 당시 통신이 와서 내가 알아채지 못했던 모양이군.'

다행히 두 번째 통신은 알아챌 수 있었지만, 제한 페널티 때문에 받지 못했었다. 그렇다는 것은 미션에서 10일을 보낼 때쯤 마계에선 고작 5일 정도밖에 지나지 않았다는 뜻이다.

'이번에는 절반 정도 차이가 나는군. 일단 이것도 메모해 둬야겠어.'

그렇게 또다시 시간 흐름을 메모를 해둘 때쯤, 품에 있던 수정구가 반짝거렸다.

통신을 받자마자 들려오는 거친 목소리.

-빌어먹을 겐트 다이러스 놈. 또 같잖은 수작질로 방해하려 드는군. 이번에야말로 단단히 마계 위원회에 따질 테야!

홍염의 패자라고 불리는 프로이스 가문의 가주였다.

용찬이 펠드릭의 난데없는 고함에 인상을 찌푸리던 차, 헛기침 소리가 들려왔다.

-흠흠. 이겼다니 다행이구나. 역시 프로이스 가문의 후계자다워. 암, 존투스 따위 쉽게 이겨 버려야 정상일 테지.

"무슨 용무십니까, 가주님."

-그렇군. 미처 깜빡하고 있었어. 우선 이번 서열전의 승리로 인해 지원이 한 단계 더 늘어난다는 것과 원로분들이 더욱 관심을 보인다는 소식을 알려주려고 했다. 그리고…….

서서히 방문 밖으로 들려오는 발소리.

동시에 펠드릭이 새로운 소식을 전해왔다.

-이번에 란드로스 가주가 저번 사건의 보상 건으로 직접 바쿤을 찾아갈 모양이다. 미리 준비해 두도록 하거라.

"마왕님, 란드로스 가문의 가주께서 방문하셨습니다!"

-……음. 벌써 도착한 건가?

평소의 위엄스러운·태도와 달리 짐짓 떨려오는 목소리.

다급히 문을 열고 방문 소식을 전한 그레고리마저 두 눈을 깜빡거렸다.

-그럼 이만 수고하거라, 헨드릭.

"……."

순식간에 꺼진 수정구의 빛과 함께 방 안 전체에 묘한 침묵이 맴돌았다.

◀ 22장 ▶

철광산

평가전을 통해 권능을 각성하고 최단 기간에 서열 61위에 등극한 마왕. 이제 가문의 지원도 받기 시작한 것인지 마왕성 자체도 D급에 다다른 듯했다.

'그래 봤자 아직 애송이일 뿐이지. 상위 서열대를 따라가려면 아직 멀었어.'

아들의 뒤처리를 위해 직접 바쿤까지 찾아오긴 했지만 란드 로스 가주는 당당했다.

평가전은 매우 인상 깊었지만 이제 갓 성장하기 시작한 마왕인 만큼 적당히 압박해서 대화를 풀어나가면 될 터다.

'오히려 나보단 하이델 가주가 사건을 뒤덮으려고 애를 쓸 테지. 나야 보상만 지급하면 되니까. 대충 젬이나 한꺼번에 던

져 줘야겠어.'

마침 마왕성의 집사로 보이는 자가 마중을 나온 것인지 안내를 시작했다.

"여기입니다, 란드로스 가주님."

"그레고리라고 했던가. 고맙네."

접대실 문이 열리며 안에서 흑발의 마족 청년이 보였다.

최근 마계 일부에서 화젯거리인 헨드릭 프로이스는 가볍게 고개를 숙이며 무표정한 얼굴로 자신을 반겼다.

'이런 건방진 놈을 봤나.'

순간 속에서 무언가 울컥했지만 란드로스 가주, 아니, 제슈 언은 최대한 표정 관리를 하며 반대편 자리에 앉았다.

대화를 주도하기 위해 기세를 빼앗아 올 필요가 있다.

"가문에서 따로 보고를 받았으니 알고 있을 거야. 제리엠 란 드로스가 하이델 가문의 마족을 끌어들인 것이 문제였지. 오 늘은 그 때문에 내가 직접 방문한 걸세."

"……."

"아아, 그렇게 굳어 있을 필요 없어. 내 쪽에서 사과를 하고 보상을 주기 위해 찾아온 것이니까."

친절한 설명과 달리 방 내부 공기가 묵직해진다. 가볍게 전 성기 시절 때의 기세를 뿜어내고 있으니 자연스레 숨이 막힐 만도 했다.

'후후. 전쟁 경험이 그리 없는 하급 마족 놈이 이런 기세를 버틸 리 없겠지.'

적당히 기선 제압은 성공한 듯했다.

하지만.

"사과를 하러 오신 분이 태도는 그렇지 않군요."

"뭐, 뭣?"

무려 10년 동안 고군분투해 온 회귀자 앞에선 무용지물이었다.

헨드릭, 아니, 용찬은 살며시 입꼬리를 끌어 올리며 자신의 기세를 펼쳤다.

"전대 마왕이었던 가주께선 고작 어린 마왕 겁주는 것이 취미신가 봅니다. 잘 알겠습니다. 저도 그렇게 알고 있도록 하죠."

"아, 아니, 헨드릭 프로이스. 지금 그게 무슨 망발이냐?"

"후계자가 잘못을 했으면 사과를 하고 보상하면 되는 일. 이렇게 장난질이나 하려고 이곳까지 바쁜 발걸음을 하신 것이었습니까? 실망이군요. 사과도 보상도 받지 않겠습니다."

단숨에 주도권을 끌고 온 용찬이 자리에서 일어났다.

그러자 자신만만하던 제슈언도 식은땀을 흘리며 프로이스 가문과의 관계를 떠올렸다.

'안 돼. 공식적으로 알려진 보상 건이 이렇게 된다면 우리 가문에게 좋을 것이 하나 없어!'

특히나 란드로스 가문에 대한 인식과 평판도 문제였다.

이러면 차라리 강제로 위협해 보상을 받게 해야 할 터.

"자리에 앉아라. 헨드릭 프로이스, 지금 누구 앞이라고 그런 태도를 취하는……."

"광산."

"광산?"

호통을 치던 제슈언 앞으로 수정구가 불쑥 튀어나온다.

용찬은 반짝거리고 있는 수정구를 내밀었다.

"공식적으로 밝혀진 보상 건을 문제로 프로이스 가문과 얽히고 싶진 않으시겠죠. 제게 가문 측 광산을 몇 달간 이용하게 해주십시오. 그것도 안전이 보장되는 곳으로."

기세등등하던 전대 마왕의 오만상이 구겨진다. 불이 들어온 수정구를 봐선 프로이스 가문과 통신이 연결된 모양이다.

제슈언은 역으로 협박을 당하자 화가 치밀었다.

"네놈에겐 가문에서 소유한 광산이 그리 쉽게 보였던 것이냐. 60위 서열대 마왕들은 쉽게 꿈도 못 꿀 광산을 빌려달라니. 도가 지나치구나, 헨드릭 프로이스."

"물론 알고 있습니다. 그래서 대답은 거절이신 것입니까?"

"이익! 끝까지!"

사방으로 살기를 피우면서도 은근 수정구로 눈길이 갔다.

아무리 위협해도 한 발자국도 물러서지 않는 용찬.

그러던 도중, 문득 제슈언의 뇌리를 무언가 스쳤다.

"……아니, 아니지."

"음?"

어느새 태도가 돌변한 그가 묘한 눈빛을 취했다. 마침 무언가 떠올랐는지 턱을 매만지며 고민하는 모양새였다.

"아무리 그래도 가주로서 체면이 있지. 그깟 광산 하나 정도 내주마. 대여가 아닌 아예 소유권으로 말이다."

방금 전까지 역정을 내던 제슈언의 입가로 의미심장한 미소가 맺히고 있었다.

🐐

-매우 만족스럽구나. 그 뻔뻔한 놈을 상대로 광산 소유권을 받아내다니. 많이 발전했어, 헨드릭.

제슈언이 돌아간 지 얼마 되지 않아 펠드릭에게서 재차 통신이 왔다.

상대의 협박을 오히려 역으로 되돌려 준 용찬, 프로이스 가문과의 통신이 켜져 있다고 속인 것이 무척 통쾌했던 모양이었다.

하지만 용찬으로선 갑자기 말을 바꾼 그가 의심스러웠다.

'협박을 당하던 도중 말을 바꾼 것도 모자라 아예 광산을 하나 내준다라. 역시 무언가 걸리는군.'

꿍꿍이가 있는 모양이지만 당장 알아낼 방법이 없었다.

-그래도 조심하거라. 그놈이 무작정 광산을 통째로 넘겨줄 리는 없을 테니까. 특히 그곳이면 정보가 거의 없는 위치일 테지. 만약 무언가 이상이 있으면 즉시 통신하거라.

마침 프로이스의 가주 또한 의심하고 있었지만 더 이상 광산 관련해서 도움을 받을 생각 따윈 없었다.

일단 용찬은 새로 업데이트된 마왕성 창부터 확인했다.

[마왕성:바쿤]

[등급:D]

[동맹:무]

[용병:루시엔, 위르겐(임시)]

[위치:절망의 대지 최남단]

[재정:321,794 골드]

[수입원:라딕 던전, 요르스 철광산]

[병력:D]

[방어력:D]

'절망의 대지 남부 산맥에 속한 철광산이라고 했던가. 란드 로스 가문에서 직접 게이트까지 설치해 준다고 했으니 우선 할 일부터 처리해야겠어.'

슬슬 투자를 해야 할 시기였다.

바쿤의 규모는 이미 7층까지 늘어난 상태.

하지만 추가적으로 소환 가능한 병사들을 고려해 봤을 때 조금 더 늘릴 필요가 있었다.

"가문의 지원이 더욱 늘어난 김에 이용해 줘야겠지. 그레고리, 프로이스 가문에 연락해 증설에 투입할 인원을 요청해라."

"바로 요청하도록 하겠습니다."

그날 가문에서 대장장이들과 건축가들이 지원을 왔고 규모를 더욱 늘리기 위한 증설 작업이 시작됐다.

"뭐 하는 거유. 자재는 이쪽으로. 아니, 아니라니까!"

개인적으로 가문 대장장이들에게 원한이 있었던 것인지 잭은 실컷 그들을 부려먹으면서 끝내 일정을 2주가량으로 줄여 버렸다.

마침내 8층으로 증설된 마왕성 바쿤은 이젠 건물 내부 복도와 각층의 넓이마저 상당히 커진 상태였다.

'이번에는 젬을 투자할 시간이군.'

새로운 병사들을 맞이할 준비가 끝난 즉시 그레고리와 함께 소환 작업이 이어졌다.

물론.

"D급 트롤이긴 한데, 아무런 재능도 특성도 없는 것 같군요. 스킬은 단단해지기 정도가 있습니다."

"……."

"으음. 이번에도 E급 놀들입니다. 의외로 도둑질이란 재능이 있는 것 같군요."

"……."

"D급 웨어 울프들입니다. 출혈 특성을 가지고 있습니다."

여전히 소환 운은 더럽게 없었다.

곁에서 지켜보던 그레고리 또한 심각하다고 여긴 것인지 인상을 굳혔고 용찬은 아무 말도 하지 않고 살기를 피웠다.

그리고 도중 눈치 없이 헥토르가 나타나기도 했는데.

"마왕님, 이것 보세요. 이전보다 활을 휘두르는 게 더욱 편해졌어요. 마음껏 두들겨 패도 되겠……. 마, 마왕님!"

"입 다물어라."

콰콰콰쾅!

애꿎은 희생양이 될 뿐이었다.

그렇게 바쿤의 병사가 늘어나자 다음은 방어력 단계였다.

[D급 함정 '고통의 속삭임'을 구매했습니다.]
[D급 방어 수단 '위치 변환'을 구매했습니다.]

고통의 속삭임은 복도 전체에 악마의 울음소리를 내어 혼란 상태에 만들게 하는 함정. 그리고 위치 변환은 특정 행동을 취할 시 지정해 둔 위치로 이동되는 방어 수단이었다.

"남은 골드로는 식재료와 병사들의 식량, 그리고 상단에서 지속적으로 플레이어 아이템을 구매하겠습니다."

"구매 목록은 따로 적어뒀으니 참고해라."

"물론입니다."

재정 관리에 철저한 집사 그레고리까지 한몫 거들자 대충 정리는 끝나 있었다.

남은 것은 새로 생겨난 마왕성 기능을 확인해 보는 일. 특히 직업 부여권 같은 경우 기존 병사들의 직업을 임의로 지정할 수 없었기에 더욱 흥미가 갔다.

[현재 열린 직업 목록]

[1. 기사(조건 필요)]

[2. 마법사(조건 필요)]

[3. 전사]

[4. 도적]

[5. 궁수]

'기사와 마법사가 새로 추가된 건가. 기사는 검술 특성이 필요하고 마법사는 마력 능력치가 필요하군.'

기사 같은 경우 근접전에서 상당한 화력을 보이고 마법사는 후방에서 엄청난 화력을 지원했다. 다만, 안타깝게도 아직까지 조건에 맞는 마력을 가진 병사는 없었다.

그나마 이도류 마스터리를 가지고 있는 루시엔 홀로 기사의 자격을 갖추고 있는 상태.

'이건 고민되는군. 기사가 되면 분명 일대일 구도에서 강한 화력을 보이지만 난전에선 크게 활약을 못 해.'

신속화를 떠올리며 고민하던 용찬은 결국 직업 부여권에 대해 일단 보류해 두기로 했다.

그리고 특수 상점 이용권에 대해 알아봤지만.

[조건을 달성하지 못했습니다. 이용이 불가능합니다.]

다른 조건이 필요한 것인지 당장 이용할 수는 없었다.

그제야 마왕성의 정리를 대부분 끝낸 용찬은 마지막으로 악몽의 탑을 살폈다.

[악몽의 탑 게이트 개설 조건]
[1. D급 이상 마력 코어]
[2. 마계 위원회의 허가]

바쿤이 D급에 도달할 당시 자격이 갖추어진 악몽의 탑 게이트. 플레이어에게도 무척 익숙한 그곳은 예상대로 마계의 마왕들과 큰 관련이 있었다.

'이젠 마계 위원회까지 연관이 있는 건가. 갈수록 알 수 없는 시스템이야. 그나저나 마력 코어라면……'

마력석에서 한 단계 업그레이드된 마력 고유의 결정체. 플레이어 사이에서도 엄청난 값어치를 갖고 있었다.

용찬은 혹시나 싶어 그레고리에게 소재를 물었지만.

"현재 마계에 풀린 마력 코어 중 E급 마력 코어가 거의 백만 골드에 거래되고 있습니다."

아무래도 마계의 사정 또한 마찬가지인 듯했다.

게다가 악몽의 탑은 정식으로 마계 위원회의 절차를 밟고 설치해야 하기에 여러모로 귀찮은 점이 많았다.

결국 용찬은 신규 병사들과 기존 병사들을 훈련시키며 시간을 보냈다.

그리고 광산 쪽 게이트 설치가 완료되자 새롭게 일정을 정리했다.

푸욱!

독기 서린 단검이 급소에 꽂히자 커다란 덩치의 괴물이 몸부림을 쳤다.

"크아아아아!"

현재 진행하고 있는 미션의 히든 보스인 백색 키메라는 네 종류의 몬스터가 결합되어 갖가지 특성을 발현했지만 약점은 있게 마련이었다.

[암살왕의 부츠 효과가 발동됩니다.]

[배후 공격 시 스킬의 위력이 두 배로 상승합니다.]

[마력탄이 발동됩니다.]

마침 마력탄이 놈의 등을 꿰뚫었다.

단검을 쥐고 있던 청년의 실눈이 묘하게 떠진 가운데 키메라의 꼬리가 반격을 가했다.

광역 범위 마력 기술.

"세 번째 패턴쯤이야 간단하지."

"크어어어…… 끄륵!"

하지만 안타깝게도 청년이 역으로 표출한 마력에 자기 목을 죄는 꼴이 됐다.

결국 키메라는 사지가 전부 마비되어 움직이지 못했고 단검에 머리가 관통당하며 목숨을 잃었다.

쿠웅!

그와 동시에 눈앞으로 떠오르는 메시지.

[숨겨진 퀘스트를 클리어했습니다.]
[보상이 지급됩니다.]

회귀 이전에도 얻었던 레어급 장비와 스킬 북이 손에 들어왔다.

청년, 아니, 태현은 싱긋 웃으며 사체에서 떨어진 아이템들을 주운 뒤 뒤늦게 나타난 플레이어에게 고개를 돌렸다.

"아, 동현 님이시군요. 그래서 제가 부탁했던 것은 어떻게 됐습니까?"

"······여태껏 알아봤지만 아무래도 메트로 미션을 진행했던 타이탄 길드원 중에선 레어 장비를 습득한 자가 없는 것 같았습니다. 따로 정신계 마법을 걸어봤지만 역시 결과는 마찬가지였고 말이죠."

네임드 플레이어 송동현. 최근 자신의 밑으로 들어오며 더욱 성장세를 보이고 있는 마법사. 전생의 기억으로 보면 마도학살자라 불릴 정도로 성장할 가능성이 컸다.

하지만 그것과는 별개로 보고가 만족스럽지 못했다.

'휴먼 메트로의 히든 퀘스트를 진행한 진영은 다인, 쿤다, 리오스였지. 우리 쪽에서 없다는 것은 역시 다인과 쿤다 중 한

쪽이란 건가.'

문득 소수로 나타난 다인 진영의 플레이어들이 떠올랐다.

모두 후드를 눌러쓰고 있어 정체를 파악하진 못했지만 그중에 무투가 한 명이 계속 신경 쓰였다.

'진영도 다르고 능력치도 높아 보이지 않아서 관심을 끄긴했는데. 역시 다인 진영에서 소수로 히든 피스를 발견한 게 수상하단 말이지.'

물론 우연에 우연이 겹치면 벌어질 수도 있는 상황이다.

특히 자신이 관여하면서 뒤바뀐 미래도 있었기에 그럴 수도있었다.

하지만 태현은 끝내 무투가의 눈빛을 잊지 못했다.

"……이상훈이라고 했던가. 뭐, 나중에 따로 조사해 보면 될일이겠지."

"예?"

"아무것도 아닙니다. 우선 조사의 대상을 쿤다 진영 쪽으로 바꾸도록 하죠. 그리고 유적지 공략 준비는 어떻게 되고 있습니까?"

"현 상황에서 가장 최단 루트라고 판단한 필드의 지형들을 알아보고 있는 상태입니다. 하이드 길드에서 직접 용병단까지 포섭해놓았으니 조만간 중간보고가 있을 겁니다."

예상대로 고대 유적지의 일정은 착착 준비되어 갔다.

만약 용찬이 자신과 동일하게 회귀했다면 지금쯤 D급에 도달했을 터.

'나비 계곡 히든 퀘스트가 완료됐다고 하던데 그놈도 있었으려나.'

D급 시절 애용하던 주 장비인 볼버의 흑수.

하지만 그것만으로 자신을 따라잡긴 무리였다.

어둠의 속성력은 여러 조건이 갖춰졌을 때 능숙히 다룰 수 있는 성질이다.

'만약 친화력이 높다고 해도 의지대로 다룰 수 없겠지. 회귀 이전에도 얻었을 당시 꽤 골치 아팠다고 했으니까.'

태현은 생각을 정리하고 나긋한 인상으로 동현의 어깨를 두들겼다.

"자, 그러면 다음 일정으로 넘어가 보죠."

소멸되어가는 던전 속에서 두 명의 신형이 순식간에 사라졌다.

🐏

우우우웅.

속성 중 가장 흉포하기로 소문난 어둠의 속성력.

하지만 지금만큼은 온순한 개처럼 팔에 달라붙어 애교를 부리고 있었다.

'미친 듯이 반항하던 속성이 이리도 얌전해질 수 있다니. 설마 내가 마족이라서 그런 건가.'

현재 친화력 수준으로 어둠의 속성력을 억지로 길들이는 것은 불가능하다. 그래서 용찬은 마족이어서 그럴 거라는 추측을 하며 게이트를 확인했다.

"게이트 설치가 완료됐습니다, 헨드릭 프로이스 님."

"연결되는 정확한 위치는 어디지?"

"으음. 당장 광산 입구까진 거리가 닿지 않아 베르모스 산맥 중턱 부근에 설치해놓은 상태입니다."

"……베르모스 산맥은 절망의 대지 남단 아니던가?"

하멜에서 가장 흔한 이동 수단인 게이트다.

마력 코어를 원동력 삼아 가동되는 게이트는 제작 당시 사용된 마력 코어의 등급을 통해 이동 거리가 정해지는데, 현재 바쿤 내부에 설치된 게이트엔 E급 마력 코어가 자리 잡고 있었다.

아무리 등급이 낮다 해도 남부에 속한 바쿤과 광산까지의 거리이지 않은가.

남쪽 부근임에도 불구하고 산맥 중턱에 설치했다는 것은 무언가 이상했다.

란드로스 가문에서 파견 나온 마족도 정곡을 찌르는 질문에 당황한 것인지 식은땀을 흘리며 허둥지둥했다.

"과, 광산 부근까지 워낙 길이 험난해 어쩔 수 없었습니다.

가주님께서도 지시하셨고 말이죠."

"그런 거라면 어쩔 수 없지. 우선 알겠다. 물러가 봐라."

"가, 감사합니다."

마법사로 보이던 그는 몇 차례 고개를 숙이더니 이내 자신의 가문으로 돌아갔다. 어색해 보이던 몸짓이었지만 용찬은 굳이 시비를 걸지 않고 병사들을 불러 모았다.

"어라, 마왕님. 저희도 함께 가는 거예요?"

"윽. 설마 또 작업 인원으로 투입되는 건 아니겠죠."

"폐펭. 작업 통솔이라면 맡을 수 있습니다, 마왕님."

벌써부터 불안해하는 병사들이었지만 이번 목적은 그게 아니었다.

용찬은 최근 훈련으로 직업을 갖춘 신규 병사들을 쭉 둘러보며 장비를 마저 착용했다.

"광산까지 길을 뚫는다. 다들 따라와라."

"으에에에."

[ㅇㅁㅇ]

헥토르의 늘어지는 한숨 소리와 함께 세 개의 부대가 게이트를 넘어갔다.

"아, 오셨습니까. 기다리고 있었습니다. 게이트 총책임자 루만도라고 합니다."

"고생했군. 너희들도 이만 돌아가 봐라."

"예. 여기 광산까지의 지도입니다."

마법사로 보이던 루만도가 지도를 건네자 함께 있던 마족들이 이동 마법진을 발동했다.

"그러고 보니 하이델 가문은 입장이 난처해졌다면서?"

"제리엠 님도 비난받고 있는 것은 마찬가지지만 그쪽은 서열이 20위다 보니까 피해는 오히려 더 심각하지."

"다른 가문들도 그 점을 노리고 견제하고 있는 것 같던데, 언제쯤 공식적인 입장을 표명하고 바쿤으로 찾아가려나."

속삭임의 귀걸이를 통해 들려오는 대화 소리로 보면 아무래도 평가전 때의 사건 관련해서 하이델 가문의 입지가 흔들리고 있는 모양이다.

'붕대 마족에 대해서 아직까지 정체를 숨기고 있나 보군. 나름의 사정이 있다는 건가.'

가문의 비밀로 보였지만 자신이 신경 쓸 바는 아니었다.

그렇게 지도를 따라 산맥 깊숙이 들어가자 이내 야생 몬스터들과 맞닥트렸다.

"크워어어!"

"츠에에에!"

"트롤과 리자드맨들이군. 라이언 부대, 선두를 맡아라."

침입자를 위협하듯 사방에서 포위한 트롤과 리자드맨.

하지만 방패병들이 좌우로 퍼져 방패를 치켜들자 금세 진형이 갖추어졌다.

그러자 놈들은 인정 사정 볼 것 없이 달려들어 단단한 방패를 두들기기 시작했다.

그 순간, 용찬의 지시와 함께 방패 뒤로 숨겨둔 창이 쇄도했다.

푸푸푸푹!

'역시 방패병들에게 창을 쥐여준 보람이 있군. 앞으로 전투를 더 효율적으로 이끌 수 있겠어.'

특히 잭의 제작 실력 덕분에 창의 내구성도 뛰어났다.

갑작스럽게 창에 관통당한 몬스터들은 한 발자국 뒤로 물러났고, 재빨리 한조 부대가 지원에 나서며 본격적으로 길을 뚫기 시작했다.

'이럴 줄 알았지.'

결론적으로 말하면 광산은 찾아냈다.

다만 문제라면 내부로 들어가는 입구가 돌덩이로 막혀 있다는 것이다.

한참 몬스터들과 싸우며 고생해 온 병사들은 바닥에 주저앉으며 한숨을 내쉬었다.

"이게 뭐야. 이전에 했던 말이랑 다르잖아. 광산 입구가 이렇게 막혀 있으면 어떻게 들어가라는 건데."

"설마 다시 돌아가야 하는 건 아니겠죠?"

"페펭. 더, 더 이상은 못 움직여. 아이고, 위르겐 죽는다."

뒤늦게 란드로스 가문에게 속았다는 것을 깨달은 그들이었지만 용찬은 이미 예상하고 있던 상황이었다.

'애초에 멀쩡한 광산을 덥석 내줄 리 없지. 우선 내부를 좀 더 확인해 봐야겠어.'

거의 폐광산 수준이었지만 아직 포기하긴 일렀다.

파지지직!

자연스레 커다란 건틀릿으로 모여드는 뇌전.

차지 어택에서 진화된 이후 기력과 마력 없이도 속성력을 끌어모을 수 있게 된 일점 격발이었다.

콰앙!

단숨에 바위가 박살 나며 사방으로 파편이 튀었다.

"가문 측에서 이 정도 문제로 광산을 포기했을 리 없겠지. 안으로 진입해 좀 더 확인해 본다."

"……."

용찬이 랜턴 아이템을 들고 앞장서자 병사들도 멍하니 따라가기 시작했다. 특히 신규 병사들은 이런 상황이 처음인지 더욱 쥐 죽은 듯이 행동했다.

그리고 어두컴컴한 복도를 따라 한참을 진입했을까.

[기의 파동이 발동됩니다.]
[주변 적들의 기습을 감지해 냈습니다.]

주변 돌무더기 사이에서 소형 골렘들이 모습을 드러냈다.

기의 파동으로 미리 감지해 낸 용찬은 좌측에서 나타난 놈의 팔을 아작 내며 전투의 시작을 알렸다.

"내부가 좁다. 범위 기술을 자제하고 한 마리씩 처리해라."

"에헤헤헤. 화살도 못 쏘니까 마음껏 활이나 휘둘러야지!"

"저리 비켜. 내가 처리할 거야!"

승부욕이 발한 것인지 루시엔이 정면을 도맡았다.

점차 부드러운 동작 속에서 드러나는 스텝.

마치 춤을 추듯 자연스럽게 검술을 이어가는 그녀였다.

'댄싱 재능. 훈련 때부터 봐왔지만 예상보다 효과적이야. 이름만 들었을 땐 그저 쓰잘데기 없는 재능인 줄 알았는데. 오히려 기사 직업과 어울릴 수도 있겠어.'

정교한 검술과 부드러운 동작이 합쳐진다면 나름 쓸 만한 기사가 탄생할지도 모른다.

콰직!

그사이 뒤에서 활을 휘두르던 헥토르는 새로운 특성을 통해 마음껏 소형 골렘의 머리를 박살 내기 시작했다.

'……저건 좀 두고 봐야겠군.'

위력은 상승했지만 굳이 평가하지 않는 용찬이었다.

그렇게 소형 골렘들이 하나둘씩 처리되어 가자 방패병 직업을 얻은 트롤들이 앞장서서 길을 뚫어갔다.

"크어어어!"

파각!

단단해지기 스킬을 이용해 방어력과 동시에 위력을 상승시킨 트롤들.

그와 동시에 구경만 하던 웨어 울프들도 천장에 달라붙어 빈 공간으로 파고들기 시작했다.

하지만 그것도 잠시.

정면으로 더욱 많은 소형 골렘이 소환되며 용찬의 인상이 구겨졌다.

"슬슬 짜증 나는군. 아예 단숨에 돌파한다. 위르겐, 등에 매달려라. 그리고 불한당 부대, 내 뒤를 따라와라."

"페펭?"

"키에에엑!"

어리둥절해하던 위르겐이 강제로 등에 매달리게 됐다.

칸과 켄이 병사들을 데리고 뒤를 따르자 용찬은 쾌속으로 정면을 돌파하기 시작했다.

콰앙! 쾅! 쾅!

앞을 가로막는 족족 박살 나는 D급 소형 골렘들.

비좁은 복도 사이로 검은 뇌전이 활개 치며 주변을 정리하기 시작했다. 그리고 두 갈래 길이 나올 때쯤, 위르겐의 새로운 스킬이 효과를 발휘했다.

[경로 분석이 발동됩니다.]
[왼쪽 길의 거리가 더욱 짧습니다.]

다음 공간까지의 최단 거리를 계산해 주는 경로 분석. 마왕성에 투자하고 남은 젬으로 얻은 디텍터 고유 스킬이었다.

"아이고. 살려주십시오, 마왕님!"

"입 다물고 랜턴이나 똑바로 들고 있어라."

"우욱. 속이!"

"……명을 재촉하는구나, 위르겐."

구토를 참아낸 위르겐이었지만 또 다른 문제가 발생했다.

마침 발동된 탐색 스킬에 표시된 거대한 생명체. 기나긴 복도 끝에 잠들어 있던 괴물이 푸른 안광을 드러냈다.

[거대 마력 골렘]

[등급:D(히어로)]

[상태:육체 강화]

'이놈이 원인이었나? 아니, 아니지. 이 정도를 가주가 처리 못 했을 리 없어.'

물론 채굴량도 문제일 가능성이 컸다. 고작 D급 보스 몬스터 때문에 광산을 포기했을 리 없었다.

"크오오오오!"

"우선 처리한 뒤 직접 알아봐야겠군."

이미 검은 뇌전의 위력은 확인된 상태다.

용찬은 단숨에 놈의 어깨 위에 올라가 발을 들어 올렸다.

"잘 버텨봐라. 기력과 마력은 아직 한참 남아 있으니."

어느새 다리로 강렬한 검은 뇌전이 모여들고 있었다.

그 시각, 란드로스 가문의 저택에선 막 복귀한 루만도가 헨드릭에 대해 보고를 올리고 있었다.

"흐음, 병사들을 이끌고 갔다 이거지?"

"예. 이미 광산에 문제가 있다는 것은 어느 정도 눈치채고 있는 모양입니다."

바쿤에게 소유권을 건네준 문제의 요르스 광산.

갑자기 태도를 바꾸었으니 눈치를 챌 만도 했다.

다만 가문에서 포기할 정도의 문제가 있는 광산이다.

'고작해야 60위대 마왕인 놈이 해결할 리 없지. 그건 마법이나 권능으로도 알아내지 못한 문제였으니까.'

제슈언은 벌써부터 고생하고 있을 바쿤 병사들의 모습이 눈앞에 선했다.

결국 헨드릭은 문제를 해결하지 못하고 광산을 포기할 터. 그렇게 되면 자신은 편하게 소유권을 돌려받고 보상 건을 없었던 일로 치부하면 끝이었다.

'물론 돌려주지 않더라도 상관은 없지만 말야.'

건방진 마왕을 교육시켜 준 셈이니 나름 통쾌했다.

그사이 루만도는 다른 주제로 넘어가 겐트에 대해 언급하기 시작했다.

"최근 들어 다이러스 가주가 바쿤에게 패배한 가문들에게 접촉하고 있는 것 같습니다. 아마 저희 쪽으로도 한번 찾아올 듯한 분위기더군요."

"그 늙은이 놈은 쓸데없이 바람 불어넣기 바쁘군. 나중에 찾아오면 즉시 거절하도록 해."

"알겠습니다. 그리고 이건 정보 길드 측에서 얻어낸 소문 정도인데 겐트 가주가 샤들리 가주에게 손을 내밀었다가 퇴짜를 맞았다고 합니다."

"……정신이 나갔군. 아무리 수작이 물거품이 됐다지만 하필이면 샤들리 가문을."

정략결혼을 통해 프로이스 가문과 친밀한 관계를 맺고 있는 샤들리 가문이다. 최근 들어 움직임이 수상하긴 했지만 절대 다른 누구와 손을 잡지 않는 곳이었다.

특히 전대 가주와 현 마왕 모두 5위 내에 속하는 강자들. 막강한 용병과 주력 병사들을 생각해 봤을 때 실질적으로 마계 내에서 군사력으로 다섯 손가락 안에 드는 가문이었다.

"그놈들과는 되도록 엮이지 않는 게 좋지. 가문 중에서 가장 비밀이 많은 곳이니까."

"저도 그렇게 생각해서 아예 샤들리 가문에 대한 정보는 접근하지 않고 있는 상태입니다. 혹시 정보 길드에서 새어 나갈까 싶어서 말이죠."

"잘했어. 당장 가문끼리 신경전을 벌이면 우리만 손해니까. 다른 보고는 없나?"

"마지막으로 하이델 가문에 대해서입니다만."

미처 말을 끝내지 못하고 직접 서류를 건네는 루만도.

그와 동시에 제슈언의 두 눈도 휘둥그레졌다.

"……음. 예상은 하고 있었지만 이런 사정일 줄이야."

"몇몇의 가주는 이미 알고 있는 모양입니다."

"입단속을 하도록 해. 가문을 지극히 아끼는 제이먼이야. 이 정도 문제면 마계 전체가 골치 아파질 거다."

"알겠습니다."

가볍게 보았던 자신의 생각이 잘못된 듯했다.

마지막 보고가 비밀로 묻히며 대화도 끝을 맺고 있었다.

[거대 마력 골렘의 방어력이 하락합니다.]
[거대 마력 골렘의 방어력이 하락합니다.]
[거대 마력 골렘의 방어력이 하락합니다.]

숭고한 의지의 발목 보호대는 예상대로 쓸 만했다.

골렘의 신체를 박살 낼 때마다 하락하는 방어력.

근접전 위주인 무투가로선 가장 안성맞춤인 장비였다.

콰앙!

두꺼운 다리를 마지막으로 마력 골렘의 몸이 무너졌다.

따로 핵이 존재하지 않다 보니 고생하긴 했지만 아무런 피해 없이 전투를 마친 셈이었다.

"쓸데없이 내구력만 높은 놈이었군."

슈트의 먼지를 털어내던 용찬이 주위를 둘러봤다.

"뭐야, 보스가 죽었는데도 왜 이놈은 안 사라지는 건데!"

"요년아, 이쪽부터 처리해. 페펭!"

"엇, 누님 뒤쪽에 또 있어요!"

루시엔의 뒤로 접근하는 소형 골렘들.

병사들을 지원하고 있던 헥토르의 몸이 재깍 돌아갔다.

[마력 압축 화살이 발동됩니다.]

존투스와의 평가전을 통해 배운 새로운 스킬.

마력이 압축된 화살이 루시엔의 뒤 쪽 바닥에 꽂히자 그대로 폭발이 일어났다.

'마력 흡수, 매직 샷, 마력 압축 화살까지. 이제 헥토르도 지속적으로 화력을 끌어낼 수 있겠지.'

활을 휘두르지만 않는다면 정상적인 궁수로 보일 것이다.

용찬은 인상을 구기며 소형 골렘들을 마저 정리했다.

"하아. 마왕님, 이걸로 더는 보이지 않는 것 같습니다."

"수고했다. 우선 다른 병사들부터 치료해라."

"알겠습니다."

전투가 끝나자 로드멜이 병사들을 치료하기 시작했다.

그동안 용찬은 드넓은 공간 속을 둘러보며 주변을 살폈는데, 별 특별할 것 없이 골렘들의 파편만 수두룩했다.

'이상해. 이렇게 간단한 놈들이었으면 애초에 가문에서 파견 나온 병사들이 쉽게 광산 내부를 정리했을 텐데. 혹시 숨겨진 다른 비밀이라도 있는 건가?'

곳곳에 채굴의 흔적들이 보였지만 중간에 작업을 중단한 것인지 깊게 구멍이 파여 있진 않았다.

"뭐야, 별것도 없는 광산이었잖아. 이런 곳을 왜 우리한테 준 거래?"

"그러게요. 중간에 위험하긴 했지만 가문에서 포기할 정도는 아닌 것 같은데."

"페펭. 어찌 됐든 이 광산은 우리 것이란 말이지. 돈 냄새가 나는구나!"

휴식을 취하던 병사들이 각기 잡담을 하기 시작했다.

고요한 분위기 속에서 모두 긴장이 풀린 상황.

쿠구구궁!

그 순간, 골렘들의 파편들 사이로 마력이 휘몰아쳤다.

[거대 마력 골렘이 되살아납니다.]
[소형 골렘들이 되살아납니다.]

'무슨!'

숨을 돌리던 용찬의 안색이 굳어졌다.

멀쩡한 상태로 되살아난 거대 마력 골렘은 분노한 듯 땅을 쾅쾅 내려치기 시작했다. 그리고 푸른 안광이 재차 병사들을 향하는 순간, 소형 골렘들이 다시 달려들었다.

파지지직!

이전과 달리 푸른빛으로 사납게 울부짖는 뇌전.

재사용 대기 시간으로 인해 어둠의 속성력을 발동하지 못하는 용찬이었다.

"빌어먹을. 다시 진형을 갖춰라. 라이온 부대는 앞으로!"

[+ㅅ+]

"한조 부대는 소형 골렘들부터 사격해라."

"네, 넷!"

골렘들을 다시 상대하게 된 바쿤의 병사들이었다.

콰직!

벌써 몇 차례나 반복했을까. 끊임없이 쌓이는 피로 속에서 이번에도 여김 없이 거대 마력 골렘의 팔이 아작 났다.

하지만.

[거대 마력 골렘이 되살아납니다.]
[소형 골렘들이 되살아납니다.]

불길한 메시지는 한 번도 빠지지 않고 눈앞에 나타났다.

"아무리 그래도 가주로서 체면이 있지. 그깟 광산 하나 정도 내주마. 그것도 대여가 아닌 아예 소유권으로 말이다."

그제야 제슈언이 돌연 태도를 바꾼 것이 이해가 됐다.
'이런 이유 때문에 광산을 포기했었군. 우선 되살아나는 이유를 찾아야 해.'
무작정 골렘들을 상대해 봤자 답은 나오지 않았다. 용찬은 재차 거대 마력 골렘의 복부에 일점 격발을 꽂은 뒤 아이템을 꺼냈다.

[마력 추적의 깃발이 발동됩니다.]
[탐색자의 깃발이 발동됩니다.]

마력의 흐름을 쫓는 깃발과 수상한 흔적을 찾아내는 깃발.
주로 던전 탐사를 진행하는 파티원들이 가지고 다니는 아이템이었다. 다만 안타깝게도 바닥에 꽂힌 두 개의 깃발은 효력을 발하지 못하고 그대로 빛이 사그라들었다.

'마력이 아니라면 도대체 뭐지. 탐색자의 깃발도 안 통했다면 광산의 구조상 원인은 아니란 건데.'

점차 소모전으로 이어지고 있었다.

더 이상 로드멜의 치유 스킬로도 버티지 못하는 상태.

"으앙. 마왕님, 이제 팔이 저려서 더는 못 쏘겠어요."

"도대체 언제까지 되살아나는 거야. 끝이 없잖아."

"저, 저도 이제 마력이 아슬아슬합니다. 조금 더 있으면 치유 스킬도 발동 못 할 것 같습니다!"

지친 병사들의 부상이 늘어가자 용찬은 기로에 놓였다.

'우선 물러나야 되나. 이대로 가다간 전멸당하겠어.'

홀로 선전한다 쳐도 한계가 있게 마련이다.

그사이 소형 골렘들에게서 도망치던 위르겐이 날개를 퍼덕퍼덕거리며 다시 자신 쪽으로 쪼르르 달려왔다.

"아이고, 마왕님. 살려주십시오. 죽고 싶지 않습니다. 페펭."

"제3의 눈은 어떻지, 위르겐?"

"아까부터 발동시키고 있었지만 아무것도 보…… 페펭?"

돌연 진지한 얼굴로 가로막힌 벽을 살피는 위르겐은 무언가를 발견한 것인지 날개를 살랑살랑 흔들기 시작했다.

[위르겐이 제피르 일족 고유의 특성을 터득했습니다.]

[기운 감지 특성이 발동됩니다.]

[수상한 기운을 내뿜는 아티팩트의 위치가 표시됐습니다.]

'제피르 일족의 고유 특성이라니. 어찌 됐든 기회다!'

생전 한 번도 들어본 적 없던 기운 감지. 마침 적절한 상황에 터득한 종족 고유 특성으로 인해 원인이 밝혀졌다.

용찬은 위르겐을 등에 업은 채 건너편 벽을 향해 대쉬를 시전했다.

"폐펭. 이쪽에서 수상한 기운이 느껴집니다!"

"잘했다, 위르겐."

콰앙!

일점 격발에 의해 단숨에 박살 나는 두꺼운 벽, 그 안쪽으로 가득한 검은 연기가 보였다.

"저쪽입니다!"

지체할 것 없이 위르겐이 가리킨 방향으로 쭉 내달렸을까.

둘의 눈앞으로 숨겨진 광산의 공간이 드러났다.

[흑마법사의 실험실을 발견했습니다.]

['흑마법사의 흔적' 업적을 달성했습니다.]

[업적 보상으로 룰렛이 회전합니다.]

'이렇게 깊숙한 곳에 실험실이 있었다니. 가문에서 못 찾을 만도 하군.'

특히나 저주의 일종인 흑마력의 기운이다. 보통 마력 추적 및 감지 기술로는 찾지 못하는 게 당연했다.

용찬은 룰렛을 무시하고 가장 먼저 흑마력을 내뿜는 제단 위의 반지부터 확인했다.

[필사인의 반지]

무려 C급의 마법 아티팩트.
하지만 지금은 반지를 파괴해야만 했다.
바사삭!

[필사인의 반지가 파괴됐습니다.]
[리바이벌 현상이 사라졌습니다.]

잠시 광산이 요동치더니 진동이 잦아들었다. 병사들을 상대하던 골렘들도 더 이상 되살아나지 못할 것이다.

'일단 원인을 제거했으니 전투부터 마무리해야겠군.'

어둠의 속성력의 재사용 대기 시간도 돌아오고 있었다.

용찬은 망설이지 않고 병사들이 있던 곳으로 되돌아갔다.

콰콰콰쾅!

남은 마력을 모두 짜내어 발동시킨 라이트닝 볼텍스에 날뛰던 거대 마력 골렘의 신형이 다시 부서지며 전투의 흐름이 돌아왔다.

쿠웅!

"골렘들은 더 이상 부활하지 않는다. 신속히 마무리해라."

"키에에엑!"

"으아, 드디어 끝이구나!"

그렇게 리바이벌 현상이 멈춘 것을 확인한 병사들이 소형 골렘들을 처리하며 광산에서의 전투는 마무리되고 있었다.

[요르스 철광산의 골렘을 모두 소탕했습니다.]

[프로이스 가문에서 파견 나온 일꾼들이 투입됩니다.]

광산의 모든 문제가 해결되자 채굴까진 일사천리였다.

펠드릭은 새로 얻은 수입원에 만족스러워하면서 소유권을 내준 장본인에게도 이 소식을 전했다.

"아니, 말도 안 돼! 우리도 해결하지 못한 문제를 바쿤이 해결했다고?"

아무래도 제슈언이 펄쩍 뛰며 경악했던 모양이었다.

하지만 용찬는 그에는 신경 쓰지 않고 흑마법사의 실험실을 조사하기 시작했고, 리바이벌 현상을 만들어낸 자가 플레이어란 것을 알아냈다.

'마왕의 몸으로 회귀하면서 몰랐던 사실까지 알게 되는군. 유한성이라. 들어본 적 없는 이름인 것을 봐선 일찍이 마계로 넘어온 플레이어였던 것 같은데.'

1차 혹은 2차로 소환된 플레이어일 가능성이 컸다.

-우리는 간단히 NPC라고 칭하지만 마족도 그들만의 생활 풍습이나 역사가 존재한다. 어떤 면에선 인간과 흡사하지만 신체적으로 우리와는 차이가 벌어져 있고, 가문에서 대대로 후계자를 뽑아 마왕의 자리에 앉힌다. 나는 마계 위원회의 내부 구조가 수상하다는 것을 알아채고 마계로 이동해 조사를 시작했지만 하필 샤들리 가문에게…….

탁자에 놓여 있던 한성의 조사 기록. 파손된 것들을 제외한 남은 한 장엔 예상외로 샤들리 가문이 언급되어 있었다.

'마계 위원회는 확실히 수상하지만 샤들리 가문이 여기서 나올 줄이야. 분명 모르안의 가문이었지, 아마?'

프로이스 가문과 친밀한 관계를 맺고 있다고 하지만 여러모로 비밀이 많은 가문이다.

용찬은 샤들리 가문 이후 지워진 글자들을 살피다 이내 기록서를 인벤토리에 집어넣었다.

'나중에 따로 알아봐야겠어. 이것 말곤 없는 건가.'

아무래도 추적당하던 도중 요르스 광산으로 들어와 숨어 지냈던 모양이다. 아마 들킬 것을 우려해 자신의 실험물도 대부분 처리했을 터.

더는 살펴볼 것이 없던 용찬은 곧장 바쿤으로 귀환했다.

"마왕님, 본격적으로 채굴 작업이 시작됐습니다. 광석들의 순도가 의외로 높아 중급 이상의 결과물들이 나올 것 같다고 하더군요."

"란드로스 가주 입장에선 무척 아쉽겠군."

"아, 그리고 이번에 위르겐님의 임시 용병 계약 기간이 끝난 것 같습니다. 어찌하겠습니까?"

그레고리의 물음에 이번 광산에서의 일을 떠올렸다.

디텍터로서 갖가지 능력을 갖춘 것도 모자라 종족 고유의 특성을 깨우친 위르겐은 여기서 더욱 성장해 나간다면 분명 바쿤에 도움이 될 병사가 될 것이다.

"고민할 것도 없지. 위르겐을 불러라."

"알겠습니다."

지시를 전해 들은 그레고리가 그대로 방을 나섰다.

얼마 되지 않아 한 마리의 펭귄이 조심스레 방문을 열고 들어왔다.

"부, 부르셨다고 들었습니다. 마왕님."

"약속했던 계약 기간이 끝났다. 전에 말했던 대로 플레이어 아이템들을 나눠 주마. 하지만 그전에 앞서 어떻게 할지 정해라, 위르겐."

"……페펭."

지난 2달 동안 엄청난 성장세를 보인 바쿤. 기존에 알던 마왕들과 다른 모습으로 병사들을 이끌어간 용찬은 여기서 그칠 수준의 마왕이 아니었다.

'그래, 확실히 그때와 다르지. 이번에 기회를 붙잡는다면 마계에서 이름을 떨칠지도 몰라. 그렇게 되면 자연스레 돈들이 굴러들어 오는 거지. 페펭!'

벌써부터 부자가 되어 있는 자신의 모습이 눈앞에 아른거렸다. 탐욕에 눈이 먼 위르겐은 잠시 고민하다 이내 진지한 얼굴로 결정을 내렸다.

"정식 계약을 맺고 싶습니다. 페펭!"

"그럴 줄 알았다."

"앞으로도 잘 부탁드립니다. 마왕님."

마침내 정식 용병이 두 명이 되었다.

용찬은 용병 계약서를 작성한 위르겐을 돌려보낸 뒤, 홀로 방에 남아 던전과 미션창을 쭉 살폈다.

'마왕성의 문제들도 모두 해결했으니 회수를 시작해 볼까.'

D급부터 다양하게 숨겨져 있는 수많은 히든 피스들.

권능을 통해 이전과 다른 능력까지 얻은 이상 보다 많은 것을 얻어야 한다.

'최대한 유태현 그놈의 루트와 겹치지 않도록 신중히 골라내야겠어.'

분명 놈도 자신과 똑같이 이전의 능력들을 되찾고 있을 것이다.

용찬은 평가전 당시 루시엔의 부탁을 떠올리며 히든 피스들을 추려냈다. 그리고 그레고리에게 통신구를 건네준 뒤 아이템을 챙겼다.

'앞으로의 일정을 고려해 빠르게 회수한다.'

서서히 마력진의 빛과 함께 손등으로 새겨지는 문신은 본격적인 회수의 시작을 알리고 있었다.

◀ 23장 ▶
회수

하멜의 던전, 미션은 등급이 높아질수록 다양해진다.

정해진 목표를 수행하는 게 기본이라면 D급부턴 NPC들이 합류하거나 페널티가 정해지는 등 구조가 여러 가지다.

그러다 보니 플레이어 아이템, 주문서, 마력 기술들의 중요성도 더욱 부각되지만 가장 중요한 것은 경험과 실력이다.

'현재 내 수준은 D급에서도 상위권에 속할 테지. 권능이 등급에 그대로 반영이 되었다면 C급도 금방이었겠지만 오히려 이렇게 힘을 숨길 수 있어서 더욱 괜찮아.'

특히 마왕성 플레이어로서 여러 진영에 속할 수 있었다.

그 점을 이용해 용찬은 차근차근 던전과 미션들을 수행하기 시작했고, 점차 히든 피스들을 하나둘씩 회수했다.

[힘의 돌을 획득했습니다.]

[민첩의 돌을 획득했습니다.]

[친화력의 돌을 획득했습니다.]

우선 능력치 스톤. 곳곳에 숨겨진 다양한 능력치 상승 아이템들은 어찌 보면 가장 중요한 히든 피스였다. 용찬은 권능의 이점을 살리기 위해 마력과 친화력 위주로 확보했다.

그리고 매직, 레어급 플레이어 아이템들.

"어이, 그거 당장 내려놓는 게 좋을 거야."

"한성혁이라고 했던가. 무엇을 숨기고 있는지는 몰라도 같이 나누자고."

"저기 성태 님, 홀로 독차지하는 것은 좋지 못합니다."

가끔 경쟁이 붙을 정도로 효과가 좋은 것들은 파티 내에서 분열을 일으키기도 했다.

물론.

"끄아아악!"

그때마다 무자비하게 상황을 마무리했지만 말이다.

그렇게 용찬은 회귀 때의 경험 및 기억들을 살려 성장에 도움이 될 아이템들을 회수했다. 그리고 거의 목적을 달성할 때쯤 세 번째 목표로 넘어갔다.

'기존에 착용하던 무투가 장비는 물론 속성력에 도움이 될 장비도 얻어내야겠군.'

세 번째는 다름 아닌 숨겨진 장비들.

회귀 이전 무투가로서의 장비들은 물론 권능의 위력을 이끌어낼 장비 또한 관건이었다.

다만, 회귀자라도 모든 것을 기억할 수는 없는 법.

용찬은 우선적으로 자신에게 가장 필요한 것들부터 찾아냈고, 그 이후 차례대로 나머지 히든 피스들을 회수했다.

'바벨의 탑에서 책장 속을 뒤지니까 마력 기술에 대해 담긴 스킬 북들이 있더라고.'

'너도 무투가니까 해주는 말인데 사실 이 부츠 있잖아. 리자드맨의 늪지대에서 썩은 나무들을 뒤지다가 나온 거야. 히든 피스라서 여태껏 유용하게 쓰고 있지.'

'카스첵 공성전 미션에서 보스 놈을 혼자 처치하니 숨겨진 조건이 달성되더라고. 이렇게 간단한 조건인데 내가 최초로 클리어한 것을 보면 내가 엄청 세다는 증거겠지?'

경쟁자 혹은 동료들과의 대화는 엄청 많은 도움이 됐다.

비록 지금은 마왕의 몸이 되었다지만 플레이어로서 정보를 유용하게 다루는 것은 당연했다.

그리고 점점 결과물들이 눈앞에 쌓여갈 때쯤, 생각을 달리하게 됐다.

'아예 이번 기회에 내 장비뿐만 아니라 바쿤 병사들의 장비나 스킬 북들도 얻어놔야겠어.'

마왕성 전력의 상승은 자신의 성장이기도 했다.

그때부터 용찬은 본격적으로 병사들을 소환해 경험을 쌓게 하고, 정체가 새어 나가지 않게 플레이어들을 모조리 죽이며 증거를 인멸했다.

그리고 루시엔, 쿨단, 헥토르, 위르겐을 두루 소환하며 새로운 장비를 갖추게 만들었는데, 그 과정 속에서 루시엔을 기사로 전직시키기도 했다.

[루시엔이 검술 마스터리를 터득했습니다.]
[루시엔이 댄싱 검술을 터득했습니다.]

"이전과 달리 다수와의 대결에선 무력한 면을 보일 거다. 적당히 지형을 이용해 일대일 구도를 만들어라."

"우씨. 검만 휘두르면 몸이 제멋대로 움직이는데 어떻게 지형까지 고려해요?"

"하다 보면 늘 거다."

"……."

아직 새로운 검술에 익숙지 않은 그녀였지만 경험은 갈수록 늘어나게 되어 있었다.

그렇게 두루 히든 피스를 획득한 용찬은 예상보다 많은 수확물을 가지고 바쿤으로 귀환했고, 마저 남은 미션 두 개를 진행하려는 찰나 뜻밖의 수행 과제를 맞이하게 됐다.

[플레이어 명:고용찬]

[등급:D]

[종족:마족]

[직업:무투가]

[특성:4]

[스킬:12]

[칭호:바쿤의 마왕]

[권능:뇌전]

[힘:26][내구:15][민첩:20][체력:19]

[마력:23][신성력:0][행운:14][친화력:31]

'이제야 D급 플레이어 수준을 갖추었군. 영혼 결속 등급이 상승한 게 컸어. 육체 능력도 고루 성장했으니까.'

처음에만 해도 플레이어보다 육체 능력치가 낮던 헨드릭의 신체였지만, 하급 마족이 되면서 능력치와 함께 상당한 힘을 지니게 됐다.

다른 자들보다 많은 능력치 스톤을 획득했으니 동일한 등급 플레이어와도 수준 자체가 다를 터.

[사일런스(D급)]
[마력 추적(D급)]

특히 히든 피스를 통해 마력 기술 두 가지도 배운 상태였기에 이전보다 상당히 발전했다고 볼 수 있었다.

'직접 터득하진 못했지만 스킬 북을 통해 요령을 배우면 다른 기술들도 좀 더 쉽게 얻을 수 있겠지.'

용찬은 새로 얻은 장비들을 확인했다.

[질긴 웨어 울프 가죽 튜닉 상의]
[질긴 웨어 울프 가죽 튜닉 하의]

블랙 파니르 슈트와 달리 민첩에 극대화된 가죽 아머.

이 두 가지는 무거운 볼버의 흑수를 보완하기 위해 얻어낸 장비였다. 그리고 회귀 이전 기억으로 구한 통곡의 부츠와 인내의 반지가 있었는데, 부츠는 타격을 받을 때마다 힘을 올려주고, 반지는 내구를 올려주었다.

'일단 D급 때 쓸 만한 장비는 대부분 갖추었군. 이것들도 있으니 위급한 상황일 때도 별문제 없겠지.'

그리고 주문서들과 물약 병들.

[정보 조작 주문서(C급)]

[마력 차단 주문서(C급)]

[최하급 엘릭서(레어)]

[소형 능력 강화제(레어)]

다른 아이템도 몇 가지 얻어내긴 했지만 가장 중요한 것은 이것들이었다.

디텍터 및 간파 효과를 주문서로 앞서 차단하고 엘릭서와 능력 강화제로 상황을 역전시킬 수도 있을 것이다.

"페페펭. 이 안경을 쓰니 더욱 멀리까지 보입니다!"

"헤헤. 저도 새로운 활을 얻었다구요. 아, 이걸로 적들을 때리면 타격감이 더욱 끝내주겠지?"

"잘들 논다. 적당히 해, 멍청이들아!"

매직급 장비이긴 했지만 위르겐은 시야를 끌어 올리는 안경을, 헥토르는 새로운 활을.

그리고 날렵한 기사 이미지에 걸맞게 루시엔이 공격 범위를 상승시키는 소태도 두 자루를 갖추어 병사들의 전력 또한 상승했다.

이것으로 쓸 만한 히든 피스는 대부분 회수한 상태.

남은 것은 필수라고 여겨지는 두 가지 미션의 장비 및 스킬북이었다.

[16. 정령의 숲에서 D급 마력 코어를 획득하십시오.]

마침 목적지로 정해둔 첫 번째 미션에서 수행할 과제도 주어진 상태다. 마치 자신이 향할 곳을 고려해 정해진 것 같은 과제 내용은 의문이 들 만도 했지만, 슬슬 이런 시스템에 익숙해진 용찬은 신경 쓰지 않고 곧장 준비를 갖추었다.

"마왕님, 꾸준히 철광석이 채굴되는 것 같습니다. 잭 펠터님께서 만족스러워하시며 바로 병사들의 장비 제작 작업에 들어가셨지만 그래도 절반은 남을 것으로 추정됩니다."

요르스 철광산은 생각보다 자원이 풍부한 수입원이었다.

용찬은 그레고리의 보고에 고민할 것도 없이 더 페이서 상단을 이용하기로 했고, 로버트와 따로 계약을 맺으며 하급 이상의 철광석을 지속적으로 판매할 것을 보장했다.

-마왕님 덕분에 저희 상단이 점점 규모가 커지고 있습니다. 앞으로도 잘 부탁드립니다.

"이제 겨우 시작했을 뿐이다. 저번에 부탁한 플레이어 아이템은 어떻게 됐지?"

-바쿤으로 보낸 참입니다. 항상 감사합니다.

모닥불, 버프 부적 아이템, 깃발 아이템 등 부대 단위 전투에 도움이 되는 플레이어 아이템까지 꾸준히 매입해 들이며 상단과 바쿤은 서로 원활한 관계를 유지하고 있었다.

그렇게 마왕성 내부 사정을 재차 확인한 용찬은 준비를 마치는 즉시 미션으로 이동했다.

[미션 입구로 이동했습니다.]

[마왕성 플레이어 시스템으로 인해 진영이 일시적으로 설정됩니다.]

바로 리미트리스 진영에 속한 D급 전용 미션이었다.

그 시각, 리미트리스 진영의 수도이자 첫 번째 도시인 홀란더. 도시 내 중심 속 빼곡히 채워진 건물들 사이로 디어스 길드의 본부인 커다란 성채가 보였다.

최상위 랭커로 꼽히는 차소희가 거주하고 있는 길드 하우스인 리퍼는 평소와 달리 험악한 분위기가 흐르고 있었다.

"나, 난 진짜 아무것도 모른다고. 그저 중간에 도망쳤을 뿐이야!"

스킬 방해 족쇄를 찬 사내가 억울한 심정을 표해냈다.

며칠간 갖가지 조사로 인해 초췌해진 플레이어, 나비 계곡에서 귀환하자마자 붙잡혀 온 리우청이었다.

지하 감옥 바깥에 서 있던 소희는 싸늘한 눈빛으로 그를 쳐다보다 이내 고개를 돌렸다.

"정신계 기술들의 결과는?"

"진술한 대로 던전 내에서 귀환 주문서를 통해 빠져나온 모양입니다. 그 뒤로는 도시를 돌아다닌 것 같구요."

"……다른 것들은?"

길드 마스터의 물음에 푸른 단발의 여인이 잠시 고민하다 이내 입을 열었다.

"특별한 기억은 없었지만 자주 범죄를 치르고 다닌 것 같습니다. 그리고 예상외로 이전에 나비 계곡에서 벌어졌던 히든 피스와 연관이 있었는데……."

일곱 마리의 파수꾼과 나비 계곡에 갇힌 플레이어들.

그리고 대항하는 과정에서 벌어진 사투 및 마무리 부분까지 설명이 이어지자 소희가 미간을 찌푸렸다.

몇 명의 실력자로 인해 클리어됐을 거라고 예상했는데, 아무래도 단 한 명에 의해 적이 대부분 소탕된 모양이었다.

'뇌전을 다루는 무투가. 한 번도 들어본 적 없어.'

퀘스트 도중 문신이 지워진 탓에 정체도 알 수 없었다.

아는 것은 그저 백경훈이라는 이름이었지만 그것도 가명일 가능성이 컸고, 길드나 무리에 속하지 않고 다니는 숨겨진 강자인 경우도 배제할 수 없었다.

"그렇다면 백경훈이란 자가 마지막에 플레이어들을 공격하고 아이템을 스틸했다 이거야?"

"도중 귀환 주문서를 통해 달아나서 스틸에 성공했는지는 확인이 불가능하지만 그의 무력이라면 충분히 가능했을 거라고 예상하고 있습니다."

"확실히 그 정도 실력을 가진 자라면 장비에 욕심이 생길 만도 하겠지. 그런 일이 한두 번도 아니니까 말이야."

"함께 다니던 NPC 용병들의 경우엔 다른 진영일 가능성도 크기 때문에 조사가 힘들 것 같더군요. 게다가 마스터께서 원하시는 정보와 관련도 없으니 일단 여기서 손을 떼려고 합니다."

확실히 자신이 원하는 정보는 라딕에서 벌어진 퀘스트다.

갑작스레 등장한 마족에 대해서도 밝혀진 것이 없으니 더 이상 뽑아낼 기억도 없을 터다.

결국 푸른 단발의 여인, 아니, 부길드장인 설희는 리우청이 여태껏 벌인 범죄를 생각해 진영 내 감옥에 수감시키려 했지만 소희의 생각은 달랐다.

"잠깐. 함께 귀환시킨 다인 진영 플레이어가 있었다고 했지?"

"으음. 기억을 모두 확인하진 못해서 정확하진 않지만 다인 진영에서 루키로 꼽히는 마탄의 사수인 것으로 예상됩니다. 아마 김민아라는 이름의 여성 플레이어일 것입니다."

"……흥미가 생겼어. 아마 그쪽에서 먼저 접근하려 들 거야. 그때까지 우선 여기 가둬놓도록 해."

기절한 상태로 귀환한 그녀의 입장에서 진실을 알아낼 방법은 리우청뿐이었다. 특히 친동생으로 알려진 혁의 생사가 불명이니 더더욱 접근하려 들 터.

마침 나비 계곡의 생존자가 디어스 길드로 끌려왔다고 소문이 났으니 접촉을 시도할 것이 분명했다.

소희는 무심한 눈빛으로 몇 차례 리우청을 내려다보다 이내 등을 돌렸다.

"며칠 정도 자리를 비울 거야. 업무는 알아서 처리해 줘."

"그러고 보니 벌써 권좌들의 모임 시기군요."

"권좌는 무슨. 그저 욕망에 찌든 쓰레기들이지."

각 진영 내 정상이라고 칭할 수 있는 최상위 랭커들.

또다시 그들을 마주할 생각에 벌써부터 속이 울렁거렸다.

그렇게 소희와 설희는 별다른 조치 없이 감옥을 떠났고 홀로 남겨진 리우청은 멍하니 계단 쪽을 쳐다봤다.

"뭐, 뭐야. 나 안 풀어주는 거야? 도대체 무슨 얘기를 지껄인 거냐고. 제발 풀어줘어어어!"

어두컴컴한 감옥 내로 목소리가 울려 퍼졌지만 그들은 결코 돌아오지 않았다.

[상단 호위 미션으로 이동됐습니다.]

[파티원들이 자동으로 설정되었습니다.]

먼저 보이는 허름한 마을의 외곽. 울타리 안으로 주민들이 오가는 것도 보였지만 이쪽으로 시선을 주지는 않았다.

'휴안 마을. 그때나 지금이나 변함없군.'

마치 시골을 연상케 하는 변방 마을인 만큼 잘 가꾸어진 밭들도 곳곳에 자리 잡고 있었다.

잠시 주변 풍경을 구경하던 용찬은 본 목적인 마차 쪽으로 고개를 돌렸다.

"반갑습니다, 이방인분들. 저는 로안 상단의 부상단주 로튼이라고 합니다. 이번 의뢰의 내용은 앞서 설명해 드린 대로 정령의 숲을 지나 헤이언 소도시까지 저희 마차를 호위해 주시는 겁니다. 의뢰금은 섭섭지 않게 챙겨 드릴 테니 모쪼록 잘 부탁드립니다."

이방인. NPC들이 플레이어들을 칭할 때 부르는 단어다.

미션 설정상 대부분 타 대륙에서 소환된 용병 같은 개념이기 때문에 거리낌 없이 고개를 끄덕였다.

그리고 인자한 인상의 로튼이 상단원들을 소개하며 마차를 끌고 오자 본격적인 파티원들의 통성명 시간이 다가왔다.

"으음. 우선 간단히 문신부터 확인해 볼까요?"

"웃기고 있네. 고작해야 저 사람뿐일 텐데 확인은 무슨."

"저, 저기. 바로 앞에 계신데 그렇게 말씀하시는 것도 좀 아닌 것 같아요."

네 명의 플레이어가 친숙하게 대화를 주고받았다.

이전부터 파티를 해온 것인지 가벼운 농담 속에서 자신 쪽으로 시선을 돌렸다.

서로 쭉 활동해 왔으니 자신의 문신만 확인하면 될 터.

다만, 문제는 네 명 중 두 명이 익숙한 안면이라는 것이다.

'이 두 명이 왜 지금 여기 있는 거지?'

후드로 얼굴을 가리고 있던 용찬이 인상을 구겼다.

지팡이를 쥐고 있는 마법사와 백색 전신 로브를 입고 있는 사제. 그녀들은 다름 아닌 프루나 던전 때 회유했던 하나와 채은이었다.

"아, 소란스럽게 만들어서 죄송합니다. 저희가 파티채로 미션에 들어와 버려서 그런 것이니 이해 좀 부탁드립니다."

"……."

"일단 문신을 좀 확인할 수 있겠습니까? 그리고 만약 가능하다면 그 후드도 좀."

어색한 웃음과 함께 문신을 보이는 사내.

뒤에 있던 세 명까지 나비 모양 문신을 드러낸 이상 용찬도 진영을 확인시켜 줘야 했다.

'어쩔 수 없지. 어차피 본 목적은 마차 호위가 아니니까. 차라리 정체를 밝혀서 빠르게 입막음시켜야겠어.'

괜히 의심을 받으며 함께 다닐 필요는 없었다.

일에 차질이 생길 경우를 생각한다면 아예 사전에 사고를 방지하는 것이 최우선일 터.

"어, 어라?"

"에에에에!"

천천히 후드를 벗자 하나와 채은의 눈이 휘둥그레졌다.

용찬은 혀를 차며 그들 쪽으로 손등을 보였다.

"이태찬이라고 합니다. 미션 동안 잘 부탁드립니다."

대륙 아니캄프를 배경으로 만들어진 호위 미션.

서부에서 활동하는 로안 상단은 주로 마을과 소도시를 오가며 거래를 틀었고, 이번에도 다름없이 물자를 확보하기 위해 헤이언 소도시로 향하고 있었다.

보통 상단 같은 경우 용병을 고용해 도적에 대비하곤 하지만, 꼼꼼한 성격의 로튼은 가장 안전성이 보장되는 플레이어들을 택한 상태였다.

물론, 그만큼 비싼 보수를 건네줘야 하긴 하지만.

"끄아아악!"

"튀, 튀어!"

"젠장, 이방인 놈들. 두고 보자!"

값어치는 톡톡히 하는 D급 플레이어들이었다.

상태는 달아나는 도적들을 보며 검을 갈무리했고, 곁에 있던 우혁 또한 방패를 집어넣으며 숨을 돌렸다.

"첫날부터 몰려드는 숫자가 장난 아닌데?"

"그러니까 D급 전용 미션이겠지. 그래도 수준 자체는 약하잖아. 편하게 생각하라고."

"으음, 그건 그렇지. 그나저나 저쪽은 아까부터 무슨 대화를 이렇게 오래 하는 거래?"

마차가 출발할 당시부터 따로 모여 있는 세 사람.

전투까지 자신들에게 맡겨둔 만큼 중요한 대화가 오가는 듯했지만, 채은에게 몰래 사심을 가지고 있던 상태는 불만 가득한 표정으로 흑발의 청년을 노려봤다.

"마음에 안 드는 녀석이야. 우리보다 일찍이 알고 있던 사람이라고 했는데 서로 무슨 사이인 거지. 몰래 들어볼까?"

호기심이 발동한 그는 손가락 끝으로 마력을 실어 보냈다.

마력 기술의 일종이자 대화를 엿듣는 추적계 스킬.

하지만 기대했던 것과 달리 마력은 다가가기도 전에 투명한 장막에 가로막히며 사라졌다.

"……사일런스?"

"관둬라. 소리를 차단하는 마력 기술도 배운 모양인데 끼어들지 말자고. 괜히 신경전 벌여봐야 좋을 것 하나 없어."

"칫. 짜증 나네."

우혁의 말대로 미션 동안은 함께해야 할 파티원이다.

결국 등을 돌리며 마차 위에 올라탄 상태였지만 계속 시선이 향하는 것은 어쩔 수 없었다.

그사이 장막 속에 있던 용찬은 한참 동안 그녀들의 얘기를 듣고 있었는데, 대부분 자신들의 성장 이야기였다.

"이번에 저분들이랑 함께 멀린 길드도 들어갔어요. 중형급

이긴 하지만 대우는 괜찮더라구요."

"멀린 길드라면 최근에 용암 거인 토벌에 성공한 곳이로군요. 슬슬 대형 길드로 준비하고 있는 길드이기도 하니까 괜찮다고 봅니다."

"역시 그렇죠? 소문으로 듣기는 했지만 용찬 님에게 직접 들으니 더욱 안심되네요."

대충 기억을 더듬어 대답한 말에도 크게 안도하는 하나.

종종 메시지를 주고받을 때마다 느끼긴 했지만 의외로 자신에게 의지하고 있는 듯했다.

그것은 곁에 있던 채은도 마찬가지였고, 두 사람은 마치 온순한 양처럼 신뢰 가득한 눈빛으로 사연을 풀어놓았다.

'이건 거의 어린애들을 돌보는 수준이군. 그래도 이 정도면 의심도 거의 사라졌다고 봐도 되겠지.'

애써 가식적인 태도로 대하던 용찬은 그녀들의 말을 끊고 본론으로 들어갔다.

"우선 들어서 알고 있겠지만 가명으로 활동 중입니다. 이번 미션은 길드와 상관없이 잠시 보상을 받기 위해 온 거고 말이죠. 그러니까 적당히 맞춰 주시면 고맙겠습니다."

"물론이죠. 저희로선 오히려 용찬, 아니, 태찬 님이랑 함께하게 돼서 다행인걸요."

"저, 저도 그래요!"

실제로 도움을 받은 적이 있어서 그런 것일까.

두 명은 용찬의 실력을 믿고 흔쾌히 부탁을 승낙했다.

용찬은 그제야 주위를 감싸던 사일런스를 거뒀다.

어느새 상단의 마차는 정령의 숲속으로 진입하고 있었다.

[위습들이 몰려옵니다.]

[엔트들이 몰려옵니다.]

마침 예상하고 있던 숲의 몬스터들이 마차를 습격했다.

"아, 아이고. 정령들입니다. 도와주십시오, 이방인분들!"

"걱정 마십시오. 하나 씨, 우선 이리로 오……."

콰아아앙!

불현듯 고목을 뚫고 모습을 드러낸 거대 골렘. D급 중에서도 히어로 급으로 통하는 보스형 정령 골렘이었다.

"쿠어어어!"

"큭. 잔 몹부터 처리해. 일단 이놈은 내가 맡을 테니까!"

"저희도 도울게요!"

제각기 역할에 맞춰 네 명이 자리를 잡았다.

가장 먼저 방패병 우혁이 스킬을 통해 골렘의 시선을 끌자 상태가 선두에서 나무형 몬스터인 엔트를 상대했다.

그리고 채은이 마차 쪽으로 보호막을 시전하자 본격적으로 하나가 선두를 지원하기 시작했다.

'그래도 정보를 꾸준히 전해준 덕분인지 이전보다 많이 늘었어. 저 정도면 멀린 길드에서 탐낼 만도 하겠지.'

사대 속성은 물론 속박계 마법까지 구사하는 하나는 장비들 또한 매직급 이상으로 갖추어 화력마저 상당했다.

[기의 파동이 발동됩니다.]

용찬은 자신에게로 접근하는 구 형체인 위습들을 처리하며 전투를 도왔고, 우혁과 상태 또한 남다른 실력자였는지 착착 손을 맞춰가며 몬스터들을 처리해 냈다.

다만, 정령 골렘까진 무리였던 것일까.

콰앙!

선두에서 버티던 우혁이 뒤로 밀리며 한계가 찾아왔다.

"젠장. 버프 상태인데도 더럽게 아프네."

"위습이랑 엔트들은 거의 처리했어요. 바로 지원할게요!"

"어이, 넌 아까부터 뭐 하고 있는 거야. 이쪽도 좀 도와달라고!"

상황이 급해지자 상태가 애꿎은 용찬을 질타했다.

이미 위습들만 해도 거의 혼자서 처리했건만 당장 앞에 놓인 엔트들을 상대하느라 확인하지 못한 모양이다.

'쯧. 다들 실력은 쓸 만하지만 상위권은 아니군. 론도 5인방과

비교하면 살짝 아래겠어. 여기서 더 이상 시간을 끌면 곤란하지.'

판단을 마치자 즉시 대쉬를 통해 신형을 이끌었다.

가장 문제되는 것은 거대한 덩치의 정령 골렘.

하지만 좌측으로 튀어나온 용찬의 발길질에 그대로 몸이 기울어졌다.

"자, 잠깐. 갑자기 이렇게 어그로가 튀면!"

"상관없으니 뒤로 물러나시죠."

콰직!

"빠르게 처리할 테니."

뇌전이 꽂히자 골렘의 팔이 절반가량 아작 났다.

그렇게 용찬이 본격적으로 나서자 파티를 고생시키던 보스 몬스터가 역으로 비명을 지르기 시작했고, 뒤로 물러난 우혁과 상태는 멍하니 그 광경을 지켜만 봤다.

"……실화냐?"

"미친. 저 정도면 거의 랭커 수준이잖아!"

나름 루키라고 자부하던 두 명의 자신감이 한 번에 추락하는 순간이었다.

[로안 상단의 마차가 안전하게 헤이언 소도시에 도착했습니다.]

[상단 호위 미션을 클리어했습니다.]

숲에서 하루를 보내고 다음 날에야 목적지에 도착했다.

마차는 물론 파티원 모두 무사히 헤이언 소도시 입구에 도착했다.

"여기까지 호위해 주서서 정말로 감사합니다. 이것들은 약소하지만 이방인분들 사이에서 진귀하다고 여기는 물건들입니다. 부디 받아주시기를."

로튼이 보상으로 능력치 스톤을 건네자 미션도 마무리가 됐다.

"……음. 수고하셨습니다. 태찬 님 덕분에 미션을 손쉽게 클리어한 기분이네요."

"별말씀을. 모두 고생하셨습니다."

용찬의 무미건조한 대답과 함께 머뭇거리던 우혁과 상태가 눈치껏 자리를 비켜줬다.

아무래도 정령의 숲속 전투의 충격이 컸던 모양이다.

그제야 두 명의 여인이 마음 편히 다가와서는 아쉬운 표정으로 작별 인사를 건넸다.

"항상 메신저를 통해 도움을 주는 것은 감사히 생각하고 있어요. 일단 용찬 님께서도 나름 사정이 있으신 것은 알지만 다음에 또다시 이렇게 만날 수 있을까요?"

"으음."

"무, 물론 억지 부리는 것은 아니지만. 바쁘시다면 어쩔 수 없겠죠."

단순히 대형 길드의 정보원으로 알고 있기 때문인지 말도 쉽게 꺼내지 못했다. 그 순간, 어색한 자세로 물러나던 하나를 제치고 채은이 눈을 빛내며 다가왔다.

"다, 다음에도 꼭 뵈었으면 좋겠어요."

"……"

그렇게 짧은 해프닝을 끝으로 네 명이 먼저 보상의 방으로 이동했다.

도중 채은을 바라보는 하나의 눈빛이 심상치 않았지만 그다지 신경 쓰지 않아도 될 터다.

'이제야 혼자 남게 됐군.'

홀로 입구에 남은 용찬은 눈앞의 메시지를 보다 이내 발걸음을 옮겼다.

"오, 아직 안 돌아가셨었군요. 태찬 님 덕분에 이번 거래도……."

"시끄럽다."

마차에서 짐을 내리던 로튼의 안색이 굳어졌다.

주변에서 물자를 정리하던 상단원들 또한 당황스러운 눈길로 바라보는 상황.

파지지직.

'히든 피스는 말이지. 가끔씩 잔혹한 선택을 하게 만들어. 무엇보다 그때가 가장 가관이었지. 기껏 상단을 호위해서 소도시까지 안내했더니 이제는 함께한 NPC들을 죽이라고 하더라고. 만약 히든 피스에 대한 단서만 아니었으면 진작 때려치웠을 거야.'

누군가의 말대로 이유 없이 남을 죽이는 것은 그리 유쾌한 일이 아니었다.

만약 플레이어 시절이었다면 한 번쯤 고민해 봤을 것이다.

다만, 안타깝게도.

"죽어줘야겠어."

지금은 망설임 따위는 없었다.

🐏

"흐음. 이쪽은 정리가 덜 되었군. 마왕님이 오시기 전에 한 번 더 확인해야겠어."

주인이 자리를 비우면 마왕성 관리는 집사의 몫이다.

특히 한 명의 서포터로서 마왕을 보좌해야 하는 입장이기에 여러 업무까지 도맡아야 했다.

8층으로 증설된 바쿤 내부를 한참 오르락내리락하던 그레고리는 아련한 눈빛으로 복도를 쳐다봤다.

'겨우 F급에 불과하던 바쿤이 어느새 D급이 되었어. 이것도 전부 마왕님 덕분이겠지.'

비록 헨드릭의 몸을 차지해 마왕성 플레이어가 된 용찬이었지만 자신의 충성심은 여전했다.

시스템상 강제로 유지가 되었다지만 사명감은 잊지 않고 있었다. 다만, 최근 들어 바쿤에 대한 걱정이 이만저만이 아니었다.

'매우 훌륭하게 성장하고 계시지만 마왕성이 너무 급작스럽게 발전했어. 아직 마왕성 기능에 대해 제대로 파악하지 못하고 계신 것도 있지만, 플레이어로 치중하시다 보니 이쪽으로는 관심이 없어지셨지. 대책이 필요할 것 같아.'

어찌 보면 마왕성은 하나의 영토를 주장하는 중심지나 다름없었다.

만약 용찬이 바쿤의 기능들을 제대로 활용해 나간다면 충분히 마왕으로서도 입지를 갖출 수 있을 것이다.

그레고리는 차후 먼 미래를 위해서 좀 더 자신이 노력하기로 했다.

"아, 마침 잘됐군. 최근에 병사의 숫자가 불어나서 더 이상 나 혼자만의 힘으론 작업이 무리일 것 같수. 특히 이번에 철광산까지 얻으면서 더더욱 그렇게 되었단 말이지. 당장은 아니더라도 가문 대장장이들을 추가 파견하는 것에 대해 마왕님께 말 좀 전달해 주슈."

가장 먼저 바쿤의 전속 대장장이 잭 펠터의 요청.

장비를 제작하는 족족 매직급 이상의 수준을 뽑아내지만 역시 혼자서 모든 것을 감당하긴 힘들었다.

"최근 들어 마왕성으로 침입하는 몬스터가 많아진 것 같더군요. 별 무리 없이 막아내곤 있지만 계속해서 이렇게 처리할 필요는 없다고 생각 합니다. 차라리 울타리나 벽을 쌓아 바깥에서부터 편하게 막는 게 어떻겠습니까?"

다음으로 로드멜의 의견.

확실히 적들이 침입할 때마다 내부에서 막는 것은 번거로웠다.

최근 야생의 본능을 간직한 병사들도 바깥 활동을 요구하고 있으니 아예 입구 쪽에 무언가를 설치해도 괜찮을 터다.

'이것도 마왕님께 보고드려야겠어. 자, 그다음은……'

바쿤 병사들의 상태를 쭉 살피던 그레고리의 발걸음이 멈추었다.

창가에 걸터앉아 머나먼 곳을 바라보는 다크 엘프.

왠지 표정만 봐도 근심이 가득해 보였다.

"무슨 고민이라도 있으신 것입니까, 루시엔 님?"

"……아니. 잠시 고향 생각이 났을 뿐이야."

"아아, 떠나오신 숲을 말씀하시는 것이군요."

"하아. 홧김에 뛰쳐나오긴 했지만 걱정된단 말이지."

예전 사건 이후 경계를 더욱 늘리면서 침입자는 거의 사라졌지만, 바쿤으로 들어온 지 2년이 다 되어가는 지금은 상황이 어떤지 알 수 없었다.

루시엔은 한숨을 푹푹 내쉬더니 이내 뛰어내렸다.

"……."

홀로 남겨진 그레고리는 손에 쥔 깃펜을 보며 고민했다.

과연 용병의 개인적인 문제도 보고를 해야 되는 것일까.

"페페페펭. 속았어, 속았다고. 그 빌어먹을 마왕 놈이 준 아이템들은 애초에 내가 사용도 못 하는 거였어!"

"헤헤헤. 꼬시다. 처음부터 위르겐 님이 나쁜 마음을 먹으니까 그렇게 된 거라구요."

"이익, 뱀파이어 주제에 감히! 페페펭!"

"아하하! 뒤뚱뒤뚱 다니면서 어떻게 절 잡으시려구요?"

문득 반대편에서 쫓고 쫓기는 위르겐과 헥토르가 보였다.

아래층 계단에선 칸과 켄이 지친 기색으로 병사들과 함께 올라오고 있었는데, 아무래도 라딕 던전에서 젬들을 캐고 온 모양이었다.

결국 그레고리는 고개를 저으며 깃펜을 집어넣었다.

'전부 다 완벽할 순 없는 것이겠지.'

[숨겨진 조건을 달성했습니다.]

[보상의 방 강제 이동이 취소됩니다.]

피로 얼룩진 펜던트 하나가 손에 잡힌다.

로튼이 항상 소중히 간직하고 다니던 가족들의 유품이다.

레어 등급임에도 아무런 효과도 가지고 있지 않은 장비였지만, 호위 미션 내에선 히든 피스로 통하고 있었다.

'강제 이동도 취소되었고, 빠르게 숲속으로 진입해야겠군.'

목적지는 한 차례 지나왔던 정령의 숲.

소도시 입구에서 살인까지 저질렀기에 용찬의 발걸음은 더욱 빨라졌다. 그렇게 대쉬 스킬을 통해 추적을 따돌리자 어느새 뇌전이 발밑으로 모여들었다.

[대쉬의 숙련도가 한계에 도달했습니다.]

[대쉬가 뇌보로 변화했습니다.]

'음. 이번에는 아예 뇌전과 합쳐지면서 진화한 건가?'

갈수록 스킬들이 변화하고 있었다.

숲 인근에 거의 접어든 용찬은 잠시 발걸음을 멈추고 스킬을 확인했다.

[뇌보(D급)]

[설명:뇌전의 기운과 합쳐진 대쉬 스킬이다. 플레이어이의 민첩 능력치에 비례해 이동속도 및 거리가 늘어나고, 기력 혹은 마력을 소모해 발동시킬 수 있다.]

파지지직.

'재사용 대기 시간이 2초 정도로 준 건가. 기력과 마력 둘 중 한 가지를 선택해 소모할 수 있다면 장기전에서도 꽤 오래 버틸 수 있겠어.'

직접 발동해 본 결과 이전보다 더욱 편리해졌다.

용찬은 매우 만족스러워하며 펜던트를 꺼내 든 채 숲속으로 진입했다.

[숲의 위습들이 정령의 향기를 맡아 접근합니다.]

수풀 사이로 모습을 드러내는 수십 마리의 위습들이 들렸던 것처럼 자연스레 놈들이 길을 안내하기 시작했다.

'사실 로튼이 가지고 있던 펜던트는 정령의 기운이 담긴 장비였던 거지. 그대로 위습들의 안내를 받아 숲속 깊숙한 곳까지 들어가니까 푸른빛을 띠는 호수가 나오더라고.'

그의 말은 사실이었다.

용찬은 눈앞으로 드러난 푸른빛의 호수를 보며 잠시 주변을 살폈다.

우우우웅.

마치 춤을 추듯 위습들이 호수 근처를 돌아다녔다.

나름 몽환적인 분위기에 도취될 법도 하지만 중요한 것은 히든 피스다.

용찬은 기억대로 펜던트를 호수에 던진 뒤 이내 사방으로 떠오른 보라색 빛줄기를 올려다봤다.

[상단 호위 미션의 히든 보상이 지급됐습니다.]

마침내 호수 중앙으로 로튼의 펜던트가 떠올랐다.

그 순간, 예상치 못한 인기척이 기의 파동을 통해 전해져 왔다.

슈슉!

강대한 마력이 실린 두 발의 화살.

'분명 이런 얘기는 없었던 걸로 기억하는데!'

당황한 용찬은 카운터로 화살을 막아낼 생각도 하지 못한 채 바닥을 굴렀다.

콰아아앙!

피한 자리에 그대로 박힌 화살.

섬뜩하리만큼 엄청난 위력으로 인해 바닥에 크레이터가 생겨났다.

[마력 추적이 발동됩니다.]

[상대방의 마력으로 인해 추적이 실패합니다.]

'젠장. 마력 결계까지 가지고 있는 건가.'

단순히 장막을 쳐서 외부로 소리를 새어 나가지 않게 하는 사일런스가 있다면, 아예 마력으로 방어막을 쳐서 상대방의 마력 접근을 차단시키는 마력 결계도 있었다.

D급 마력 기술이 실패했다면 적의 마력 기술은 그보다 더 높은 등급이라는 뜻.

용찬은 예상치 못한 강자의 출현에 식은땀을 흘리며 뒤로 물러났다.

그리고 나무 기둥 위에서 화살을 쏜 장본인이 모습을 드러냈다.

"……뒤로 물러나세요."

"내가 왜 그래야 하지. 이건 내가 먼저 발견한 히든 피스일 텐데?"

"언제부터 하멜에서 그런 사소한 것을 따졌던가요?"

정론에 금세 입이 다물어진다.

하지만 그것도 잠시. 그림자 사이로 보이는 푸른 머릿결과 익숙한 이목구비에 눈이 휘둥그레졌다.

'정령 궁수 제니카?'

하멜에서의 경력으로만 따져도 1차 소환 때부터 쭉 생존해 온 최상위 랭커. 그것도 하필이면 열네 명의 초인이라고 불리는 14좌 중 한 명이다.

유독 눈 밑에 점이 돋보이는 쿤다 진영의 제니카는 자신도 잘 알고 있는 플레이어 중 한 명이었다.

'어떻게 된 거지. 내가 알고 있던 기억의 미래와 달라진 건가. 아니, 애초에 달라지긴 했지만 이런 히든 피스까지 영향이 올 리는 없을 텐데?'

머릿속이 혼란스러워진 용찬은 쉽사리 움직이지 못했다.

애초에 A급 플레이어인 그녀가 D급 전용 호위 미션에 들어와 있는 것 자체가 의문인 상황.

뒤늦게 한 가지 아이템이 떠오르긴 했지만 그에 앞서 제니카가 먼저 입을 열었다.

"눈빛을 보아하니 절 알고 있나 보네요. 제가 어떻게 이 미션에 들어와 있는지 궁금하시겠죠?"

"……."

"간단히 설명해 드리자면 최상위 랭커들만 사용할 수 있는 미션 전용 아이템이 하나 있어요. 뭐, 자세히 알려 드려도 아직 모르실 테니까 그냥 운이 안 좋았다고 생각하세요. 저도 우연히 길드원에게 받은 단서였으니까요."

그제야 어떻게 된 상황인지 대충 머릿속에 그려진다.

'한대식. 예전에 저 여자의 밑에 있었던 건가.'

자신에게 히든 피스에 대해 알려줬던 최상위 랭커 한대식.

함께 전쟁을 겪었다곤 하지만 그의 예전 과거까지 모두 알고 있는 것은 아니었다.

아마 리미트리스 진영 플레이어들이 먼저 미션으로 진입한 것 때문에 쿤다 진영의 대식은 시기를 늦춰야 했을 터.

다섯 개의 진영 모두 진행할 수 있는 미션이라도 선착순이기 때문에 더더욱 다음 차례를 기다려야 했을 것이고, 성질이 급하던 그는 아예 정령 궁수인 길드 마스터에게 단서를 건넸을 것이다.

'그렇다면 저 녀석은 아예 히든 피스 단서가 두 개로 나누어졌다고 생각하고 있는 건가.'

정령 궁수인 그녀에게 필요한 친화력 장비.

먼저 진입할 플레이어들이 신경 쓰여 전용 아이템을 통해 강제로 들어왔을 가능성이 컸다.

그리고 정령의 숲에서 자신과 마주치며 히든 피스가 두 개란 사실을 확정 지었을 터.

용찬의 입장에선 매우 곤란하게 된 상황이었다.

"나비 모양 문신. 리미트리스 진영인가 보네요. 빼앗는 기분이라 목숨만큼은 살려 드릴게요."

어느새 펜던트를 손에 쥔 제니카가 등을 돌렸다.

조금씩 양손으로 어둠의 속성력이 스멀스멀 올라왔지만 이내 포기했다.

'지금 내 수준에서 덤벼들었다간 뼈도 못 추리고 당할 거야. 안타깝지만 여기선 물러나는 수밖에.'

목숨을 건진 것만 해도 다행이라고 여겨야 했다.

그렇게 히든 피스를 얻어낸 제니카는 그대로 미션을 빠져나갔고, 홀로 남은 용찬은 인상을 구기며 수행 과제로 신경을 돌렸다.

'그나마 마력 코어는 알아채지 못해서 다행인 건가.'

지도창에 표시되는 녹색 점은 정확히 근처에 있던 호수 쪽을 가리키고 있었다.

용찬은 즉시 물속으로 뛰어들어 바닥에 가라앉아 있던 둥그런 마력석을 손에 쥐었다.

[D급 마력 코어를 획득했습니다.]

[16 번째 수행 과제를 클리어했습니다.]

[17. D급 마력 코어를 최상층 옥좌에 설치하십시오.]

드디어 다음 수행 과제가 눈앞에 나타났다.

홍건히 젖은 머릿결을 털어내던 용찬은 마력 코어를 품에 집어넣고 건너편을 바라봤다.

'그러고 보니 슬슬 14좌 놈들의 원탁회의 시기가 다가오는군. 이때쯤이면 대부분 1차 혹은 2차 소환 플레이어들이 자리를 차지하고 있을 테지.'

거의 1년 동안 단숨에 성장세를 보이며 D급까지 올라왔지만 부족했다.

지금도 자신 위로 수많은 랭커와 강자가 도사리고 있을 것이다. 특히 동일하게 회귀한 유태현을 상대하기 위해선 보다 높은 곳을 노려야 했다.

'그러기 위해선 먼저 그 사건부터 대비해야겠지.'

히든 피스 하나는 빼앗겼지만 대부분은 마무리했다.

그날 용찬은 다른 미션을 마저 클리어하며 남은 히든 피스를 회수했고, 마왕성으로 귀환하자마자 또 다른 일정을 꾸리기 시작했다.

To Be Continued

나는 될 놈이다

글쓰는기계 게임 판타지 장편소설
WISHBOOKS GAME FANTASY STORY

판타지 온라인의 투기장.
대장장이로 PVP 랭킹을 휩쓴 남자가 있다?

"아니, 어디서 이런 미친놈이 나타나서……."

랭킹 20위, 일대일 싸움 특화형 도적, 패배!

"항복!"

'바퀴벌레'라고 불릴 정도로
끈질긴 생명력을 가진 성기사조차 패배!

"판타지 온라인 2, 다음 달에 나온다고 했지?"

평범함을 거부하는 남자, 김태현!
그가 써내려가는 신개념 게임 정복기!